christian meunier

Comment l'Agneau devint loup

ou

concerto pour kalachnikov
allegro ma non troppo

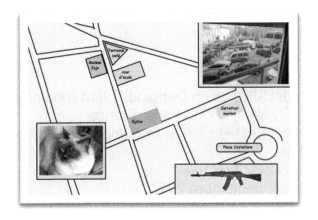

D1641284

Les personnages et histoires contenus dans ce livre sont inventés, sauf l'épisode du début du chapitre 7, qui a vraiment eu lieu, mais dont l'héroïne restera anonyme. Toute ressemblance avec des personnes existantes ou ayant existé ou des situations véritables ne sauraient être que fortuites.

Éditeur : BoD-Books on Demand, 12/14 rond point des Champs Élysées, 75008 Paris, France
Impression : BoD-Books on Demand, Norderstedt, Allemagne
ISBN : 978-2-322-08340-4
Dépôt légal : septembre 2017

ISBN : 9782322083404

9 782322 083404

1   Les chats retombent sur leurs pattes

Son chat s'était suicidé ! Il fallait bien se rendre à l'évidence, Lolo le félin avait mis volontairement fin à sa vie. C'était donc bel et bien un suicide, ou comment appelleriez-vous un tel acte ?

Bien sûr, ce n'était pas la peine de chercher une lettre déposée sur la cheminée expliquant le pourquoi de la chose.

Pour le « comment », Jojo n'avait pas besoin de s'interroger : il en avait été le témoin privilégié. Il ouvrait sa fenêtre comme tous les matins et jetait un coup d'œil sur la terrasse du café, installée sur le square. Le second du patron, à 10 heures du matin, sifflait déjà son troisième pastis, bien tassé, et, enhardi par les effets de l'alcool, interpellait les femmes qui passaient, sans grand succès, d'ailleurs.

Jojo allait refermer la fenêtre lorsque le chat arriva, comme un TGV sortant d'un tunnel, fonçant droit devant lui. Il sauta par-dessus la rambarde, les pattes antérieures en avant, tel un plongeur. Il piqua vers le sol comme un pilote kamikaze précipitant son appareil sur un porte-avions ennemi. Jojo se demanda même, un peu plus tard, s'il ne l'avait pas entendu crier « Banzaï » !

Ratant son atterrissage, il s'était retrouvé la tête sur le

trottoir, le reste du corps dans le caniveau. Il ne bougeait plus. Il avait dû se briser les cervicales.

Jojo était là comme pétrifié. Lolo, son vieux compagnon de 15 ans, gisait là, à cinq mètres au-dessous de lui, inanimé, sans vie, après s'être précipité dans la mort.

Il ne s'y était pas attendu, vraiment. D'abord, parce que jamais il n'aurait pensé qu'un chat pût se suicider. Et ensuite, parce que rien, dans le comportement de son compagnon, ne laissait supposer qu'il fût tellement désespéré.

Bien sûr, il lui avait semblé taciturne, depuis un mois environ. Il ne venait plus se frotter à lui, le matin, ne venait plus lui renifler les orteils avec délectation. Il mangeait un peu moins, semblait soucieux. Mais Jojo avait mis ce changement d'humeur sur le compte de la chaleur, dont chacun sait qu'elle émousse l'appétence.

Il fit quelques pas en arrière, regarda machinalement sur la table, à la recherche d'un indice qui lui expliquerait le geste de son compagnon. Tout ce qu'il avait laissé, c'était un souvenir dans sa caisse : il avait vidé son intestin avant de faire le grand saut.

Cela rappela à Jojo une histoire qu'il avait lue à propos d'une jeune femme qui avait voulu se jeter du premier étage de la tour Eiffel, qui s'était pomponnée pour cette occasion, et qui, au dernier moment, y avait renoncé : elle s'était brusquement souvenue qu'elle avait un petit trou dans sa culotte, et elle avait frémi d'horreur rien qu'à la pensée qu'un étranger puisse découvrir son slip troué et ainsi songer, ne serait-ce qu'une seconde, qu'elle ne prenait pas soin de sa personne. Cette pensée intolérable lui avait ainsi sauvé la vie. Lolo, lui, avait pris le temps de travailler à l'image qu'il laisserait : il avait toujours été distingué, très digne, s'était toujours consciencieusement lavé pour mettre en valeur son poil blanc aux tons mordorés de Birman fier de son apparence. Et rien, après sa mort, ne pourrait effacer cette image.

L'attention de Jojo fut attirée par un brouhaha venu de l'extérieur. Il s'approcha doucement de la rambarde : un groupe de gens s'était rassemblé autour du corps sans vie. Il se plaqua contre le mur, cherchant une ombre protectrice, écoutant ce qui se disait quelques mètres plus bas.

« *Pauvre bête ! Un si beau chat !*

— Il a dû être jeté d'une voiture. C'est encore les vacances, et les gens se débarrassent de leurs animaux.

— Non. Je l'ai vu tomber de la fenêtre du premier. Regardez, elle est encore ouverte. Vous voyez ?

— Alors, il devait être couché sur le rebord, et il a dû s'endormir. Mon beau-frère est tombé de sa chaise, un jour qu'il s'était endormi.

— Allons ! Les chats retombent toujours sur leurs pattes ! Surtout s'il n'est tombé que d'un premier étage.

— Pourtant, celui-là, il est tombé sur le dos. Il ne devait

pas être au courant. »

Plusieurs personnes se mirent à rire, ce qui déclencha les foudres d'une grosse dame.

« Vous n'avez pas honte ? Il a l'air de ne pas aller bien du tout. Quelqu'un a appelé les pompiers ?

— Pour quoi faire ?

— Ben... Pour les premiers secours.

— C'est vrai ! Mon beau-frère les a fait venir pour aller chercher son chat, grimpé dans un arbre, et qui n'arrivait plus à redescendre.

— En tout cas, celui-là, il a réussi à descendre.

— Au moins, on pourrait appeler le SAMU !

— À quoi bon ? À mon avis, il est mort. Alors, le SAMU, il ne va pas le ressusciter, quand même ! »

Tandis que les gens devisaient, en bas, autour du cadavre de son vieux compagnon, il se dit qu'il aimerait bien récupérer son corps. « *Pour en faire quoi ?* », me direz-vous. Eh bien, pour lui rendre les derniers hommages. Après tout, on ne peut pas laisser partir un vieil ami sans lui témoigner l'amitié, le respect que l'on a éprouvé pour lui. Voyez un peu toutes ces vieilles canailles que l'on enterre, même les plus tordues et les moins dignes de respect, simplement parce que la mort confère une virginité à tous ceux à qui elle a fait signe.

Il pensait l'enterrer dans la nature, peut-être au pied de la Sainte-Victoire, dans le pays d'Aix. Un site cézanien, voilà qui aurait de la gueule. Il suffirait de l'allonger sur le sol, et de construire un petit monticule de terre, avec peut-être une petite plante, car Lolo adorait les herbes et fleurs en tous genres, de son vivant.

Mais il fut tiré de sa rêverie par une voix forte, soutenue par un accent de l'est à couper à la hache. Il vit de sa cachette un nouveau venu, un de ces Roms qui exploitent les poubelles marseillaises en les fouillant systématiquement et en déposant leurs trouvailles dans une poussette d'enfant.

« Le chat être mort ?

— Eh oui. Il est tombé de la fenêtre. » répondit une dame surmontée d'un chignon.

Il tenait dans la main un long crochet de métal, qui devait lui servir à farfouiller dans les poubelles en évitant de trop se salir, sans grand succès sans doute, car ses mains étaient bien crasseuses.

Il se servit de son outil pour tourner et retourner le corps du chat.

« Animal très beau. Fourrure pas abîmée. Lui être à vous ? »

Les témoins se récrièrent : eux, ils n'auraient pas laissé tomber leur chat par la fenêtre. Ils auraient fait un peu plus attention à leur compagnon.

Visiblement satisfait de la réponse, le chiffonnier s'écria : « Alors, lui être à moi. » Mais au lieu de ramasser le corps et de le mettre dans sa poussette, il fouilla dans la poche de sa veste de chasseur et en tira un rasoir coupe-choux.

Les spectateurs frémirent à la vue de la lame brillante. Le chiffonnier remarqua le malaise que suscitait son engin de mort, car pour ceux qui se rasent avec un rasoir électrique ou mécanique banal, et pour celles qui se rasent les jambes avant la belle saison, un tel instrument relevait plus du tueur multirécidiviste que du brave père de famille. Les cerveaux tournaient à cent à l'heure, se demandant ce qu'il allait bien pouvoir en faire. Certains firent même un pas en arrière. Mais l'homme avait dû être trappeur dans une autre existence, car il se baissa, prit le malheureux animal par une patte, le tourna de façon à le placer sur le dos, le ventre bien en évidence, et en moins de temps qu'il n'en faut à un percepteur pour tondre un contribuable de la classe moyenne, il coupa le bout des quatre pattes, fit avec sa lame le tour du cou du chat pour séparer la peau du corps de celle de la tête. Le sang qui coulait en abondance sur sa main ne semblait pas le gêner. Une fois ses travaux préparatoires terminés, il saisit la peau à hauteur du cou, tira un bon coup dessus et le chat fut débarrassé de sa fourrure, qui lui fut ôtée avec l'agilité d'une puéricultrice expérimentée enlevant sa grenouillère à un nourrisson.

Les spectateurs restaient cois, qui la bouche ouverte et la mâchoire pendante, qui les yeux exorbités. Certains étaient à la limite de la nausée. L'un d'eux avait vu un film de Tarantino la veille, dans lequel des soldats américains scalpaient des Allemands, avec un bruit de scratch que l'on ouvre. Le bruit de la peau tirée fit surgir dans son esprit des images de scalp, de chairs mises à nu, et il dut prendre le large pour vomir dans le caniveau. Ceci déclencha une réaction en chaîne : les bruits de vomissements, ajoutés à l'odeur aigre de suc gastrique qui venait chatouiller les narines de ces citadins ramollis par la civilisation, défiaient leur estomac, et les plus fragiles en rendirent le contenu sur place. Ceux qui avaient pu résister quelques secondes décorèrent le pied du mur de la maison.

Le concert de tuyaux terminé, le chiffonnier roula la fourrure qu'il venait de conquérir à la pointe de son rasoir et la glissa dans sa veste. Il ne voulait sans doute pas partager sa proie avec ses congénères, comme il allait sans doute devoir le faire avec le contenu de la poussette. Sur ce, il posa ses mains sur le guidon de la poussette et partit en sifflotant.

À peine eut-il tourné au coin de la rue qu'un clone de bouddha sortit de la salle du café-restaurant. Il avait dû observer la scène de l'écorchement de l'intérieur. N'ayant aucune utilisation de prévue pour la peau, il avait préféré se dispenser d'intervenir. Mais à présent que le Rom était parti, son heure à lui avait sonné. Les mains sur les hanches, un torchon sur l'épaule comme insigne de sa profession, il poussait devant lui une bedaine qui aurait pu servir d'enseigne à son établissement. Selon la classification de Zola dans *le Ventre de Paris*, il faisait sans aucun doute partie des gros à graisse blanche, de ceux donc qui, bons vivants, s'empiffrent, boivent et rient avec leurs semblables chaque fois que l'occasion se présente.

« On ne peut pas laisser ce pauvre chat tout nu ainsi. Je vais l'enlever de là.

— *Mais que voulez-vous donc en faire ? s'enquit la dame au chignon.*

— *Je vais le mettre à l'abri dans mon congélateur, en attendant que nous ayons retrouvé son propriétaire.* » Et il roula le corps du chat dans son torchon, l'emportant bien vite, sans attendre d'éventuelles remarques ou protestation.

Jojo, qui n'avait perdu aucun détail ni du spectacle, ni de la conversation se demanda un moment comment il pourrait bien récupérer le corps, ou ce qu'il en restait, pour l'enterrer dignement. Mais il ne se voyait pas aller réclamer la dépouille de son vieux compagnon. Il faudrait donner des explications, faire valoir ses droits, et il ne s'en sentait pas capable.

Pourtant, à bien y réfléchir, il eut l'impression désagréable que ce gargotier avait montré un intérêt bien grand pour la dépouille du félin. Il savait qu'une fois sa tête tranchée, le chat ressemblait à un vulgaire lapin, et que vu le prix de la viande, le gros bouddha faisait une bonne affaire.

Il y a longtemps que Jojo ne se faisait plus la moindre illusion sur le bon fonds des humains. Il n'ignorait pas que lorsqu'il s'agissait de défendre leurs intérêts, beaucoup n'hésitaient pas devant les moyens les plus vils. Il avait en mémoire l'histoire que l'on avait racontée à France-Info sur un restaurant chinois de Pékin. Les gens se battaient pour acheter des hamburgers particulièrement succulents qui figuraient sur sa carte, jusqu'au jour où, à la suite d'un contrôle, on avait découvert que cette viande particulière provenait des fesses de cadavres conservés dans la morgue de l'hôpital voisin, que des employés indélicats refilaient au restaurant pour arrondir leurs fins de mois. Comme quoi tout n'était pas mauvais, dans l'homme.

Il se promit donc d'aller contrôler le contenu de la carte, pour voir s'il y avait du lapin.

2   Un mois plus tôt : la commissaire Macinaggio.

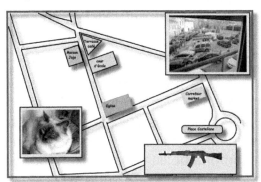

Le commissariat du sixième arrondissement n'attirait pas la télévision. Pourtant, de nombreux films ou séries avaient été tournés à Marseille. Mais la plupart se contentaient de filmer la rade, avec les îles du Frioul et le château d'If en arrière-plan.

Le bâtiment lui-même n'était pas laid, avec ses quatre étages, et son entrée assez monumentale, flanquée de chaque côté de deux fenêtres défendues par des grilles en fer forgé. On ne sait si celles-ci protégeaient la police d'éventuels assaillants, ou si elles devaient empêcher des quidams en garde à vue de s'échapper.

Au-dessus de l'ouverture veillait un œil-de-bœuf sur les entrées et sorties. Et c'est au deuxième étage que se trouvait le bureau de la commissaire Macinaggio, une femme sans âge défini, dont le visage sans aménité trahissait la présence d'un ulcère à l'estomac, dû sans doute à l'accumulation de soucis divers, d'ordre professionnel.

Ses subordonnés l'appelaient avec respect et un brin d'affection «Patron». Nul, en sa présence, ne pensait qu'il était en face d'une femme pour ne voir en elle que le chef, le meneur d'hommes. Tous se seraient fait couper en quatre pour elle, et peut-être même en huit.

Il était arrivé, par le passé, que de jeunes godelureaux, fraîchement débarqués de l'Ecole de Police, fassent des remarques désobligeantes sur ses sourcils broussailleux, voire sur les quatre poils qui ornaient son menton, mais ils avaient vite compris qu'ils étaient allés trop loin. Un croc-en-jambe par-ci, un coup de coude dans les côtes par-là, leur avaient enseigné la loi non écrite : le patron est sacré, et on ne rigole pas de lui, sous peine de représailles. Et même lorsqu'elle portait son uniforme de commissaire de la République, les jours de visite du ministre de l'Intérieur ou de l'enterrement d'un collègue malheureux, il était interdit de rire de sa façon de porter le galurin pourtant dessiné par un grand couturier, et qui évoquait, posé sur la tête de la commissaire, un morceau de beurre sur une patate chaude.

Ce jour-là, le brigadier Duchmoll entra en coup de vent dans son bureau, non sans avoir auparavant frappé à la porte. Il avait monté les deux étages quatre à quatre, et brandissait une feuille de papier qu'il posa sur le bureau de la commissaire. Il dut reprendre son souffle avant de pouvoir parler, d'une voix encore haletante par suite de l'effort fourni :

«Patron, on vient de recevoir un mail suspect.»

La commissaire fronça le sourcil, passa sa main droite sur ses quatre poils, se demandant si ce courriel avait un quelconque rapport avec les attentats de Nice ou d'ailleurs.

Elle prit donc connaissance du contenu du document. Un quidam dénonçait un copain, disant qu'il craignait qu'il ne fasse des bêtises, voire, pour reprendre les termes qu'il avait utilisés, une «*énorme connerie*». Mais on ne trouvait, dans ce message, aucune information qui puisse permettre d'en identifier l'auteur, pas plus d'ailleurs que celui qui devait commettre la fameuse connerie.

La commissaire voulut savoir s'il y avait moyen de connaître l'origine du courriel, espérant qu'on trouverait, comme pour les appels téléphoniques, trace d'un numéro d'identification.

L'agent lui expliqua que chaque ordinateur avait un numéro particulier, le numéro IP, donné par le serveur du fournisseur d'accès. Un des autres agents, un geek bien connu dans le commissariat, avait déjà fait des recherches et avait réussi à trouver le fameux numéro IP, qui révélait que l'ordinateur qui avait émis le message se trouvait en Australie, à Sidney plus précisément, ce qui semblait difficile à croire, étant donné les nombreuses informations fournies qui se référaient à Marseille et collaient à l'actualité.

Le geek avait expliqué à l'agent que l'on pouvait se servir d'un VPN, un logiciel qui remplaçait le vrai numéro IP par un autre, se trouvant dans le pays que l'utilisateur avait choisi dans une liste. Il était donc quasiment impossible de retrouver l'expéditeur du message, et la seule solution était d'entamer avec lui un dialogue en espérant qu'il finirait par lâcher l'information, ou par se trahir en donnant des détails qui permettraient de l'identifier. On pouvait également envisager de lui faire peur, de l'intimider, mais celui-ci n'était sûrement pas si bête et se sentait bien à l'abri en Australie, où menaient les recherches du geek et où on ne le retrouverait jamais, puisqu'il était à Marseille. Mais on n'en avait pas la preuve.

La commissaire décida de choisir la première méthode. Ce qui lui paraissait indispensable, c'était de faire vite, car on ne pouvait pas traiter cette affaire par-dessus la jambe, d'autant plus que la connerie en question pouvait aussi bien être le suicide du copain cité, qu'un bon gros attentat dont la presse allait pouvoir faire ses choux gras, mais dont la commissaire n'avait vraiment pas besoin.

Il fallait donc trouver un policier, ou plutôt une policière, les femmes ayant un doigté, une sensibilité que ne possédaient pas les hommes, souvent bruts de décoffrage.

Elle pensa tout de suite au lieutenant Lavandin, une jeune-femme qui sortait à peine de l'école police, mais qui semblait réunir toutes les qualités requises, et qui saurait trouver les arguments humains capables d'amener l'expéditeur du courriel, dans l'intérêt de son copain évidemment, à lâcher les informations nécessaires à son identification.

En l'absence de ces détails, on ne pouvait même pas mettre son téléphone sur écoute, ou le prendre en filature quand il sortirait. Pour l'instant, la police était impuissante et la commissaire pouvait seulement mettre un cierge à l'abbaye Saint-Victor ou à Notre-Dame de La Garde, dans l'espoir qu'une sainte ou un saint se sente concerné et fournisse une aide aussi efficace qu'elle était improbable.

Elle remercia son subordonné, car un chef doit savoir engueuler en cas d'erreur, mais aussi caresser dans le sens du poil, lorsque le subordonné en question a bien travaillé.

« *Bon boulot, brigadier. Allez me chercher le lieutenant Lavandin, et dites-lui que je l'attends dans mon bureau.*

— Entendu, Patron, je vous l'amène tout de suite. »

Et il se dépêcha de sortir, pour montrer au patron son efficacité.

Il revint dix minutes après avec une jeune femme brune, mince, de taille moyenne, le nez chaussé d'énormes lunettes rondes, un peu comme un détective qui aurait des loupes à la place de ses verres, ce qui soulignait son regard inquisiteur. Lors de l'interrogatoire de suspects, ceux-ci devaient se sentir pénétrés jusqu'au fond du slip.

« *Alors, commissaire, vous voulez me parler ?*

—Effectivement. Le brigadier Duchmoll vient de m'apporter un courriel inquiétant. Je voudrais que vous le lisiez, et puis, quand vous en saurez bien le contenu, vous tâcherez de savoir qui se cache derrière. Avec tous ces tordus qui rêvent de faire le djihad, il vaut mieux qu'on contrôle si on n'a pas affaire à un terroriste qui prépare un mauvais coup.

—*D'accord, mais je dois organiser la visite de la femme du préfet à l'orphelinat de la police, vendredi, avec la protection qui va avec.*

— *Confiez donc le problème à un de vos collègues, à Martin, par exemple, qui adore cirer les pompes des supérieurs. Il sera flatté de travailler pour la femme du préfet. Je compte sur vous pour me fournir le nom de l'ahuri qui nous a envoyé ce mail. Vous avez trois jours. Je veux son nom à la fin de la semaine.*

— *D'accord, patron. Je cours confier l'affaire à Martin, et je me mets sans plus attendre au boulot.*

— *Faites, et prenez le brigadier Duchmoll comme second. Après tout, c'est à lui que nous devons le problème.* »

Duchmoll, qui se trouvait ainsi valorisé par son patron, sentit une chaude vague de reconnaissance l'envahir, venant du ventre, et remontant vers le visage, colorant au passage ses joues, le bout de ses oreilles et son front. De peur que le patron ne voie qu'il avait réagi comme une communiante, une vierge effarouchée, donc, il détourna son visage, balbutia «*Merci, patron., vous n'aurez pas à regretter de m'avoir fait confiance.* » Et il emboîta le pas de sa supérieure, qui se dirigeait déjà vers la sortie. Dans le commissariat du sixième, on ne perdait pas de temps à discutailler. On agissait, non sans avoir, bien sûr, réfléchi avant.

La commissaire, satisfaite, rangea cette affaire dans un coin de sa mémoire, et se remit à la lecture d'un rapport sur l'efficacité de la police de proximité, que le gouvernement voulait rétablir. Elle se rappela la réaction du président Sarkozy, qui pensait que les flics qui se mettaient en jogging pour jouer au foot avec les jeunes du quartier qu'ils étaient censés, surveiller le faisaient pour rigoler, alors qu'ils ne faisaient qu'essayer de conquérir la confiance des jeunes, laquelle avait été mise à mal par les nombreux contrôles au faciès dont ces mêmes jeunes étaient souvent les héros, bien malgré eux.

La commissaire, l'esprit curieux, adorait lire ces rapports, surtout ceux qui avaient été écrits par des experts, et ses neurones agiles étaient capables de rapprocher toutes les données susceptibles de l'aider à résoudre tous les problèmes. Dans son cerveau était intégré un de ces fameux algorithmes capables de traiter les célèbres big data, grâce à son esprit d'analyse exceptionnel, doublé d'un esprit de synthèse performant.

3 Le courriel déclenchant

Le lieutenant Lavandin s'assit à son bureau pour prendre connaissance du contenu du courriel qui lui avait été dépeint comme annonciateur de malheurs. Le brigadier, debout derrière elle, lisait par-dessus son épaule. Très proche d'elle, il sentait une forte odeur d'ail lui dilater les narines. Ce n'était sûrement pas un parfum ou quelques huiles essentielles dont se parfumerait le lieutenant. C'étaient plutôt les effluves du repas de midi à la cantine, des betteraves à l'ail. Quelques morceaux d'ail avaient dû se coincer entre les dents assez écartées du lieutenant, ou dans une dent creuse.   Rares étaient les gens du commissariat qui, après le repas, allaient se brosser les dents. Ainsi, l'air était parfumé des odeurs du repas, et un policier bien exercé comme Duchmoll arrivait en reniflant à côté de ses collègues, à reconstituer le menu du repas. Tels les scouts, les policiers étaient toujours prêts. Prêts à quoi ? Eh bien à enquêter tous azimuts, bien sûr.

Et le moment était venu de lancer l'enquête. Le lieutenant Lavandin fit asseoir son subordonné, dont la proximité l'incommodait quelque peu, et se mit à lire le mail à haute voix   pour que le brigadier puisse bien l'entendre, et ne se sente pas obligé de venir se recoller à elle.

« *Madame ou Monsieur,*

Je m'adresse à vous parce que, depuis quelques jours, l'attitude de Jojo, mon colocataire, m'inquiète. Je crains qu'il ne fasse une grosse bêtise, et je vous serais

21

reconnaissant si vous pouviez m'indiquer ce que je dois faire pour empêcher un malheur. Cela fait bien une semaine qu'il accumule des armes de toutes sortes ; une kalachnikov, un fusil à lunette, deux pistolets et même quelques grenades quadrillées. Il m'a dit qu'il s'était procuré cet attirail dans une cité des quartiers nord, où l'on peut faire son marché à des prix raisonnables. Il envisageait encore l'achat d'un lance-flammes et d'un bazooka.

Jojo, que je connais bien depuis 15 ans, ne s'était jamais intéressé aux armes jusqu'à présent. Il avait fait son service militaire à la coopération, au Tchad, où il avait enseigné dans un lycée de la ville de Sahr, anciennement Fort-Archambault. Son contact avec les élèves tchadiens, qui fréquentaient les cours avec l'énergie du désespoir, car la qualité de leur avenir semblait dépendre de leurs résultats scolaires, l'avait beaucoup impressionné. À son retour en France, il s'était retrouvé dans des classes d'élèves gavés, pour qui l'école était une punition, et qui ne pensaient qu'à en faire le moins possible, si bien qu'il ressentit une grande déception. Élever le niveau intellectuel et critique de ce troupeau de veaux lui sembla être au-dessus de ses forces, et comme il n'avait pas de tendance à la dépression, il dut se résigner et faire son travail du mieux possible. Mais même en se donnant beaucoup de mal pour rendre son enseignement plus intéressant, et pour faire participer autant que possible les apprenants, il dut constater la triste vérité qu'il résuma en trois expressions connues : l'enseignement était un coup d'épée dans l'eau. C'est comme si l'enseignant pissait dans un violon, car on ne pouvait pas faire boire un âne qui n'avait pas soif.

Pour épargner sa santé, il prit son enseignement moins à cœur et s'intéressa à la musique et à la photographie.

Mais malgré cette déception d'importance, jamais il n'a exprimé la moindre agressivité. Il avait accepté la situation avec philosophie. Il avait voulu être professeur, et il était devenu vacher de bovins neurasthéniques.

Et puis, il y a une bonne semaine, il est rentré des commissions tout excité. Il revenait du Carrefour Market de la rue de Rome, où il avait acheté de quoi faire un repas pour lui, et quelques croquettes pour moi.

Tremblant de colère, il me raconta qu'il se trouvait devant le rayon de la charcuterie. Une vieille de petite taille, sèche et sans aucun charme, tentait d'attraper un sachet de jambon, placé beaucoup trop haut pour elle. La tendance naturelle de Jojo, qui le poussait à se mettre à la place des autres, l'amena à saisir un paquet de jambon qui lui semblait être l'objet de l'attention de la vieille dame lorsque celle-ci grommela entre les quelques dents qui lui restaient : «Pourquoi faut-il toujours qu'un emmerdeur vienne m'aider alors que je n'ai besoin de rien ?»

L'emmerdeur fut arrêté dans son geste salvateur. Comme il avait déjà saisi le paquet, il le garda pour lui et entreprit un repli stratégique dans la direction des caisses. Tandis qu'il attendait dans la queue, il eut le temps de jeter un coup d'œil sur le paquet de jambon qu'il reconnut pour être cet horrible jambon aux fines herbes qu'il avait déjà goûté une fois et vomi quelques minutes après. Il ne se sentait pas d'aller le reposer, à cause de la vieille qui montait la garde devant le jambon, et il n'eut pas le cœur de le camoufler derrière les paniers vides qui formaient une tour devant le tapis roulant de la caisse, en souvenir de ses parents qui lui avaient seriné pendant toute sa jeunesse, et même au-delà, que l'on ne jetait pas la nourriture, à cause de tous les enfants affamés du monde. Il se demanda un instant si ces pauvres enfants auraient mangé avec plaisir ce jambon, mais c'était déjà son tour de passer à la caisse. Le regard peu amène que lui lança la vendeuse, promue depuis peu au rang d'hôtesse de caisse lui fit supposer qu'elle réprouvait l'achat de cet affreux jambon et manifestait ainsi son mépris.

Avant de quitter le magasin, il eut l'occasion d'entendre crier la vieille qui se plaignait de ce que personne ne l'aide. Vraiment, cette vieille bique méritait une leçon : elle engueulait ceux qui ne l'aidaient pas, alors qu'elle s'était plainte de lui-même, qui s'efforçait de lui prêter main forte.

Arrivé à la maison, il me raconta sa mésaventure. Il était vraiment en rogne contre celle qu'il traitait de vieux débris. Il parla même de lui donner une bonne leçon, de la déculotter et de lui flanquer une fessée, devant tout le monde.

Il se calma un peu dans la soirée. Je fus obligé de manger le fameux jambon qui avait atterri dans mon assiette, sans son emballage toutefois, ne voulant pas raviver sa colère. Mais ce fut un jour plus tard que fut amorcée la phase d'hostilités.

En effet, le lendemain, il revint d'une promenade le nez enflé et un œil au beurre noir. Il grommelait des paroles indistinctes, pleines d'accents d'intensité, trahissant sa colère et son incompréhension. Il me dit en passant qu'il avait été agressé, avant de disparaître dans la salle de bain.

Je mis du temps avant de comprendre à quoi il devait son nez enflé et son coquard à l'œil.

Il faut savoir que Jojo n'est pas un Don Juan, que jamais il n'a ramené une femme à la maison, mais que l'on peut supposer qu'il ait des besoins sexuels. C'est ainsi qu'il m'a raconté il y a peu qu'il recherchait le contact physique, mais qu'il voulait rester discret, car il ne se sentait pas de se lancer dans une relation. Il aurait pu aller dans les transports en commun aux heures d'affluence, et lancer la main à la recherche d'une cuisse soyeuse, de fesses rebondies ou d'un téton agressif, et ce, dans la plus grande impunité, car la femme tâtée ne pouvait pas savoir quel était l'agresseur, surtout si celui-ci regardait ailleurs. En outre, lorsque l'on travaillait en aveugle, on risquait de tomber sur un sein fatigué façon sacoche de vélo, ou même d'une fesse masculine. Non, lui, il préférait travailler en pleine lumière, sur un individu qu'il aurait choisi.

Il lui était bien arrivé une mésaventure la semaine dernière, malgré toutes les précautions qu'il prenait. Il avait vu à l'arrêt d'autobus tout proche, de dos, une femme assez petite, en minijupe, qui arborait une chevelure rousse. Ceci avait dû créer chez lui quelque émoi.

Il s'était approché d'elle par-derrière, s'était penché pour lui parler à l'oreille par-dessus son épaule, et lui avait susurré : « Vous me plaisez, mademoiselle. Et si l'on faisait quelques folies ensemble. » Et la beauté s'était retournée, et comme si elle le connaissait depuis toujours, lui avait roulé un patin de première catégorie, avec la langue, comme il se doit. Lorsque le baiser avait été consommé, la belle avait éloigné son visage du sien, et c'est alors qu'il s'était rendu compte qu'elle n'arriverait jamais à atteindre l'âge qu'elle semblait avoir. En effet, elle paraissait être plus proche des cent ans que des quatre-vingt-dix. Il était dans de beaux draps, d'autant plus que la fausse beauté semblait fort émoustillée, voire même excitée, et qu'elle avait voulu remettre le couvert.

C'est alors qu'il avait vu ses jambes, deux flûtes auxquelles s'accrochait désespérément une peau plissée en draperies, qu'elle aurait mieux fait de cacher dans un ample pantalon au lieu de l'exhiber ainsi. Pour la fuir, il avait dû se mettre à courir, d'autant plus qu'elle l'avait poursuivi au début en criant désespérément « Attends-moi, mon amour ! » et il était rentré chez lui non sans faire des tours et des détours pour la semer, au cas où elle aurait été en mesure de le poursuivre.

Pendant plusieurs jours, il n'avait plus osé sortir, de peur de rencontrer l'amoureuse éconduite.

Il avait fini par se procurer une barbe postiche qui lui donnait l'air d'un djihadiste, ce qui n'était pas pour lui déplaire, car il lui semblait qu'ainsi, il serait plus facilement craint. Mais tot compte fait, étant donné les regards haineux que lui avaient lancé ses contemporains, il rangea la barbe dans une de ses poches. Il se contenta de se raser le crâne pour se rendre méconnaissable et viril à la fois.

Cela faisait deux jours qu'il était déguisé en œuf d'autruche lorsque lui arriva la fameuse mésaventure. La veille, il m'avait expliqué que l'absence de contact avec une femme l'attristait. Par contact, il voulait parler de la sensation qui le gagnait lorsqu'il promenait sa main sur une peau féminine, de préférence sur une cuisse bien rebondie. Cependant, ce qui le retenait de passer à l'acte, c'est qu'il ne voulait pas de relation suivie, et surtout pas de la présence quotidienne d'une femme dans son appartement. Malheureusement, il fallait connaître un peu la femme, établir une certaine intimité avant qu'elle n'accepte de se laisser caresser la cuisse. Il y avait bien sûr les professionnelles qui, contre paiement, lui auraient laissé assouvir ses désirs, mais il était trop timide pour avoir recours à une péripatéticienne. Il avait donc mis au point une méthode personnelle, celle du toucher en passant, qu'il m'expliqua ainsi : « Tu vois Lolo, tu marches tout droit bien en face de la donzelle que tu vises, tu passes à droite d'elle, tends les doigts en déplaçant légèrement la main sur la gauche, et tu frôles la cuisse au passage. Bien sûr, il faut choisir une victime en jupe ou en short, pas un de ces jeans qui tuent la sensation.

Et c'est ce qu'il fit le lendemain. J'ai reconstitué l'histoire à partir des bribes qu'il m'a racontées.

Il avait tenté d'appliquer sa méthode à plusieurs reprises. D'abord, il avait choisi une jeune femme au bras d'un costaud à mine patibulaire. Il aurait pu tenter sa chance, mais il avait craint les éventuelles représailles de l'homme, qui réagirait mal à sa tentative et lui casserait éventuellement la figure. Place Castellane, il vit s'approcher un couple de filles. Celle qui était à la bonne place était mignonne, et lorsqu'il redressa les doigts pour la frôler, il ne rencontra rien. La fille était sans doute plus mince que prévu ou avait les jambes en X.

Vint ensuite une cible seule, bien grasse, avec deux cuisses rebondies rappelant la culotte de cheval des cavaliers. La cuisse qu'il frôla distinctement le remplit d'aise, ou plutôt l'aurait rempli d'aise si la victime, que ce frôlement coquin n'émoustillait pas, ne l'avait traité de sombre crétin, ce qui révélait qu'elle n'avait pas partagé sa satisfaction, mais qui démontrait quand même qu'elle avait senti le geste, même si elle ne l'avait pas apprécié.

En remontant vers la rue Paradis, il vit arriver une belle plante, musclée à point, sans un gramme de graisse, un peu trop grande peut-être, le prototype de la lanceuse de disque. Il remonta légèrement la main pour être sûr de bien atteindre la cuisse à la bonne hauteur. Il avait un peu trop remonté les doigts, car son index s'accrocha au revers du short et resta coincé dans le pli. Croyant qu'il en voulait à sa vertu, la présumée discobole se retourna, lui flanquant son poing gauche sur l'œil, doublant son coup d'un uppercut qui rata son menton et l'atteignit sur la lèvre inférieure. Il sentit distinctement que son œil et sa lèvre gonflaient, et qu'on aurait tôt fait de le prendre pour un boxeur malchanceux car peu doué.

Craignant de subir une plus sévère correction, il engagea un repli stratégique en s'esbignant aussi vite que possible. Appliquant la même méthode que pour la vieille peau, il regagna son domicile où je le vis arriver, la queue entre les jambes, mais avec une rage au ventre contre toutes les femelles de la création, celles qui ne se laissaient pas aider, celles qui ne se laissaient pas caresser, et celles qui *jouaient les fillettes pour attirer le jeune mâle et se révélaient être de vieilles mégères, les sosies de la fée Carabosse. De temps à autre, il cria plus fort, parlant de tirer dans le tas, de les pulvériser.*

Étant donné la rage qui l'habitait maintenant, et l'importance de son armement, j'ai peur qu'il ne fasse des bêtises, et c'est pour cela que je vous écris. Dîtes-moi ce que je dois faire pour éviter un carnage en m'envoyant un mot à l'adresse suivante : lolo.lebirman@web.de. Faites vite et réagissez avant qu'il ne m'échappe. »

Le message était signé Lolo Le Birman. Le lieutenant Lavandin regardant le brigadier de ses yeux couleur lavande, s'adressa à lui en lui demandant ce qu'il en pensait. Pour lui, c'était un allumé. S'il fallait courir derrière tous ceux qui se prennent une gifle ou se font remettre en place par une fille, il faudrait engager du monde.

« Et son arsenal, il ne vous inquiète pas un peu ? Après tout, le désir de vengeance a déjà entraîné des gens fragiles du bulbe à se venger et à tirer dans le tas. Imaginez qu'il aille sur la place Castellane, à la sortie du métro, ou sur une des nombreuses terrasses placées autour, et qu'il balance une grenade ou une salve de mitraillette, il pourrait se livrer à un affreux carnage.

— C'est vrai, mais que voulez-vous faire ? On ne sait pas qui il est, on ne sait pas où il habite. Nous savons qu'il est chauve comme un genou, et c'est tout. Il n'est pas le seul, à Marseille, à répondre à ce signalement. Comment voulez-vous vous y prendre ?

— Il va falloir s'adresser à notre correspondant et trouver

les mots pour le décider à nous le donner. Mais allons voir la commissaire pour avoir son avis et sa bénédiction. » Et elle lui fit signe de la suivre immédiatement.

4   L'état-major se réunit

La commissaire, qui n'avait lu le courriel qu'en diagonale, se fit préciser les informations importantes qu'il contenait. C'était une personne préoccupée qui l'avait écrit, inquiète de l'arsenal que son colocataire avait accumulé, mais également du changement de sa personnalité. Ainsi, un homme paisible et bienveillant était en train de virer à la bête humaine. Le problème était de savoir quand il aurait terminé son processus d'évolution, quand il passerait à l'action, contre quel groupe de la population et quelle méthode il utiliserait.

Ils discutèrent ensemble du degré d'urgence d'une intervention, et de la stratégie à adopter.

« Je pense que vous devriez prendre contact avec ce Lolo. Il me semble avoir du bon sens, et il faudra lui faire comprendre qu'il est primordial qu'il agisse sur son ami pour canaliser ses colères et éviter qu'elles s'exacerbent au point de déclencher un acte irréversible. »

La commissaire utilisait un vocabulaire choisi, qu'il fallut traduire pour que le brigadier comprenne de quoi il retournait.

Lavandin reprit les principaux points pour montrer qu'elle avait saisi l'essentiel, et permettre ainsi au brigadier de suivre la conversation, de réfléchir aux problèmes posés et de faire ses propres remarques, car c'était en éclairant le problème de tous les côtés que l'on trouverait une solution.

La première difficulté, c'était qu'il était impossible

d'identifier l'expéditeur du courriel, vu que son numéro IP était trafiqué. Il y avait bien sûr son adresse, mais *web.de* est un système gratuit, ouvert à tous, dans lequel on peut ouvrir un compte sous un faux nom, ou une fausse adresse. De plus, il était domicilié en Allemagne.

Le brigadier, qui avait un ami allemand dans la police de Berlin se débrouillant en français, apprit par son intermédiaire que l'adresse donnée par le client du compte «*Zeil 33, 60313 Frankfurt am Main*» était celle du commissariat de Police du centre-ville de Francfort. On n'irait bien sûr pas perquisitionner à cette adresse, car il y avait gros à parier que le client en question n'avait jamais mis les pieds à cette adresse qu'il avait pourtant donnée à l'inscription. La seule chance d'apprendre le nom du délinquant présumé était de persuader l'expéditeur d'intervenir. Il ne serait sans doute pas facile d'obtenir de lui qu'il révèle le nom de son ami. Il faudrait faire preuve de persuasion.

D'ailleurs, comme ce dernier n'avait encore rien fait de mal, à part collectionner des armes interdites, il ne risquait pas grand-chose. Évidemment, sa situation changerait du tout au tout s'il se servait de son arsenal. C'est bien pour cela qu'il était vital de l'empêcher de faire des bêtises. Il faudrait simplement faire preuve de tact.

Il fallait donc envoyer un courriel à l'expéditeur pour lui faire comprendre que l'on était conscient de ses soucis et de ses efforts pour régler la situation, et qu'il fallait à tout prix empêcher son ami d'entrer en action, et se débrouiller pour le calmer. Sinon, il ne resterait plus qu'à attendre qu'il passe à l'action, et alors là, il serait trop tard, tant pour la ou les victimes que pour le coupable, qui passerait alors dans une catégorie dont il ne serait pas près de sortir : celle des criminels.

5 L'affreux Jojo passe à l'acte

L'inspecteur Lavandin venait de recevoir une réponse à son courriel. Le nommé Lolo n'avait pas attendu bien longtemps avant de réagir à sa proposition de l'aider à convaincre son ami de se débarrasser de son arsenal afin qu'il ne soit pas tenté de s'en servir, et en outre de l'amener à apprendre, par le Yoga la méditation, ou même la prière, la philatélie ou le tricot, à se calmer.

Malheureusement, il n'y avait pas de bonne nouvelle. Bien loin de se calmer et d'amorcer un désarmement, celui que le lieutenant nommait *l'affreux Jojo* était passé à l'acte. Voici ce que lui racontait à ce propos le courriel :

« Il y a devant la maison où nous habitons un square avec un café qui a étendu sa terrasse. Les clients sont assez discrets, sauf le vendredi, où est organisée une soirée musicale qui dure jusqu'à minuit au moins. Ces soirs-là le patron fait installer un amplificateur soutenu par deux haut-parleurs particulièrement puissants.

Les riverains n'ont alors que deux possibilités : laisser les fenêtres ouvertes et en prendre plein les oreilles, qu'ils aiment cette musique ou non, ou bien fermer les fenêtres, pour être moins gênés par la musique, renonçant de ce fait à l'air frais venu du dehors.

Certains riverains ont téléphoné au patron, qui leur a plus ou moins fait comprendre qu'il s'en fichait bien, tout en concluant par « j'ai l'appui du maire, moi, Monsieur ! », avant de raccrocher au nez des plaignants. Bien entendu, les riverains ne pouvaient pas laisser le patron faire ce qu'il voulait. Après tout, la loi prévoit qu'à partir de 22 heures, il est interdit de faire du bruit, que l'on nomme alors tapage nocturne.

Mais pour faire respecter les lois, dans ce pays, il faut se lever tôt. Si vous appelez la police, elle refusera de venir parce qu'elle aura mieux à faire ailleurs, par exemple, arrêter des vendeurs de drogue. Si vous vous plaignez auprès du faiseur de bruit, il vous enverra promener. Si vous vous adressez à la mairie, on vous dira que le faiseur de bruit a obtenu une dérogation du maire. Le maire n'habitant pas là où il autorise le tapage, il accordera facilement la dérogation. Que faire alors, si l'on veut que le bruit cesse ? On peut s'acheter des boules Quies, ce qui rendra les dialogues dans votre foyer plus difficiles.

Se sentant agressé par le bruit du vendredi, Jojo, qui s'était plaint auprès du cafetier au téléphone, s'était fait rembarrer. Cela l'avait plongé dans une colère noire. Après avoir dit, comme d'habitude, qu'il allait tirer dans le tas, sans préciser lequel, il décida de s'adresser au cafetier, responsable du problème. Hier, il est parti déguisé, avec sa fausse barbe de djihadistes, un bonnet sur la tête, équipé d'une corde et d'un pistolet, qu'il m'a montrés en sortant.

Il est revenu environ une heure plus tard, en sifflotant un air à la mode.

Il a d'abord ôté sa fausse barbe de djihadiste qu'il a jetée sur la table. Ensuite, il a ouvert une bouteille de champagne et il a rempli une coupe. Après avoir bu sa coupe avec ravissement, il s'est enfin décidé à m'expliquer le motif de sa satisfaction.

« Ça y est enfin ! Il n'y aura plus jamais de tapage le vendredi soir. J'ai résolu le problème. » Et il m'a expliqué comment il nous avait débarrassés à jamais du cafetier. Je m'étais alors imaginé qu'il avait réussi à lui faire comprendre qu'il polluait le quartier entier avec sa musique si tard le soir, et je l'aurais bien félicité s'il ne m'avait pas raconté les détails de son expédition.

« Le cafetier nous a quittés. »

Je pensai immédiatement qu'il était rentré dans sa Corse natale, pour y profiter d'une retraite bien méritée. C'est vrai, le métier de cafetier était pénible. Il fallait se lever tôt le matin, se coucher tard le soir, et écouter les bêtises que racontaient les soulards de tout poil, qui, trop souvent, rabâchaient les mêmes histoires, malgré leur langue de plus en plus pâteuse, qui rendait leur élocution de moins en moins compréhensible. Mais j'étais loin de compte.

« J'ai attendu que le dernier client s'en aille, et je suis entré sous le prétexte de vouloir acheter des cigarettes. Il ne s'est pas méfié, et il allé au comptoir. Alors, je lui ai mis mon pistolet sous le nez, et je lui ai demandé de se mettre à genoux. Il a eu l'air de ne pas comprendre ce qui lui arrivait. Alors, j'ai dû durcir le ton : "À genoux, chien ! Tu vas payer pour le tapage que tu nous fais subir chaque vendredi soir. Tu as réussi à avoir une dérogation de la mairie pour emmerder le quartier entier, je ne sais pas trop comment. Tu as dû rendre des services spéciaux au maire, ou tu as

les moyens de le faire chanter, je ne sais pas, moi. Tu n'as pas voulu nous écouter quand nous t'avons téléphoné pour que tu arrêtes ce vacarme. Mais non, toi, tu t'estimes au-dessus des lois et tu n'en as rien à foutre du bien-être de tes voisins.

— Mais je n'ai rien fait de mal ! Je voulais créer une animation dans le quartier. Sinon, il ne se passe jamais rien, ici. L'endroit est triste, on s'y ennuie à mourir.

— Alors, il fallait ouvrir une boîte de nuit, une discothèque bien isolée dans laquelle tu aurais pu faire tourner toutes les animations que tu voulais. Mais sur la terrasse, et tard le soir, c'était une mauvaise idée. Et tu n'as pas remarqué que tes voisins n'en pouvaient plus. Tu n'as pas reçu plusieurs appels téléphoniques te demandant de faire cesser ce tapage ?

— Mais si, bien sûr, mais si on écoute les mauvais coucheurs, on ne fait plus rien. " »

Ce gars-là me dégoûtait. J'étais sûr que, dès que je l'aurais laissé libre, il se moquerait de moi et reprendrait son tapage. Il fallait frapper plus fort pour qu'au moins il ait la trouille de sa vie, dont il se souviendrait longtemps. Alors je l'ai visé avec mon revolver, que je lui ai carrément mis sous le nez, et je lui ai dit :

« *Fais tes prières, tu vas crever.* »

Alors, il s'est mis à pleurnicher. Il m'a offert de l'argent, sa femme, et même sa fille en échange de sa vie. Sa femme et sa fille, que je ne connaissais pas et qui sans doute étaient aussi grasses que lui, ne m'intéressaient pas du

L'affreux Jojo passe à l'acte.

tout. L'argent, c'était autre chose. Je pouvais toujours en avoir besoin en cas de coup dur, pour financer mes actes de vengeance ou me permettre de me mettre au vert si besoin était. Alors, je lui ai ordonné de me donner la caisse. Il se leva avec difficulté, ouvrit la caisse, la vida et me remit le contenu. Il croyait que, maintenant, j'allais le laisser tranquille, et qu'il pourrait raconter qu'il avait été victime d'un braquage. Ensuite, il se procurerait un revolver pour se protéger, et je n'aurais plus la possibilité de venir lui tirer les oreilles sans risquer de me faire tirer dessus. D'ailleurs, se type me dégoûtait. Il était là, devant moi, obèse, suant de peur. Il se tortillait comme un asticot que l'on va piquer sur un hameçon. Sauf qu'avec un asticot, on peut attraper du poisson, alors que lui n'avait aucune utilité pour la société. Il vendait des cigarettes et contribuait largement, avec les cancers qu'il aidait à se déclencher, au déficit de la sécu. Et puis il vendait de l'alcool, ce qui ruinait des santés, détruisait des familles lorsque l'alcoolique frappait sa femme et ses enfants, bref, c'était un empoisonneur public. Et de plus il organisait le tapage nocturne qui empêchait un quartier entier de se reposer, et même, de dormir. Il fallait en finir. J'aurais pu lui tirer dessus, mais le bruit de la détonation risquait d'alerter quelqu'un qui aurait pu empêcher ma fuite. J'avais une corde, avec laquelle je voulais, au départ, le ligoter et l'abandonner dans un coin, ce qui lui aurait permis de méditer toute la nuit, jusqu'à ce qu'on le retrouve le matin.

Alors me vint l'idée du siècle : j'allais le pendre, ou mieux encore, l'obliger à se pendre lui-même. Ainsi, tout le monde croirait à un suicide, et personne n'irait faire

39

d'enquête.

Justement, une poutre décorait la salle pour lui donner des airs de vieille taverne. Tout en le menaçant de mon arme, je lui ordonnai de prendre une chaise. Comme il devait penser que j'allais l'attacher à la chaise, il le fit sans protester. Lorsque je lui demandai de lancer la corde par-dessus la poutre, il comprit que j'avais d'autres intentions, sans toutefois comprendre lesquelles. Lorsque la corde fut passée par-dessus, je fis allonger le cafetier sur le sol, pour mieux le contrôler. Appuyant du pied sur son dos, je bloquai la corde comme je l'avais vu faire dans les westerns de ma jeunesse. Enfin je fis un nœud de pendu, en respectant les 13 tours autour de la corde, et après avoir vérifié qu'il coulissait bien, je forçai le cafetier qui pleurait bruyamment comme un veau, à monter sur la chaise, à glisser sa tête dans la boucle de la corde, et, d'un coup de pied à la John Wayne, je fis basculer la chaise, et je quittai la scène de crime en laissant le cafetier suspendu comme une andouille au plafond. Je n'ai donc pas eu la joie de cueillir les fruits de mes efforts. »

Apparemment, Jojo, qui venait de trucider un homme, ne semblait avoir aucun regret. Bien au contraire, il se sentait libéré, au point de fêter son acte et de s'en vanter devant moi.

Dans mon dernier courriel, je vous avais écrit que je me faisais du souci à propos de Jojo, et que j'avais peur qu'il ne devienne violent. Votre courriel me demandant de lui conseiller de méditer ou de lui faire faire du yoga pour l'amener à se calmer me semble complètement inadéquat maintenant qu'il est passé à l'action et que, tel un loup, il a pris le goût de lécher le sang de ses victimes.

Vous comprendrez que je ne puisse pas vous divulguer le nom d'un ami, d'autant moins que je dépends complètement de lui. Je ne peux que vous aider par des indices. Faites des recherches, renseignez-vous sur les suicides et retrouvez vous-même le café et le cafetier. Peut-être que si Jojo voit des policiers en uniforme tourner dans le quartier, il se méfiera et renoncera à suivre ses mauvais penchants.

Je compte sur vous, et tout ce que je peux faire, c'est vous tenir au courant de ce qui se passe.

Cordialement

Lolo Le Birman. »

6 Le commissariat entre en effervescence

À la lecture de ce nouveau message annonçant l'ouverture des hostilités entre Jojo et la police, la commissaire montra quelques signes d'énervement.

Elle avait déjà sur les bras les dossiers de plusieurs hurluberlus qui avaient refroidi un ou plusieurs de leurs contemporains. La plupart étaient déjà identifiés et il n'y avait plus qu'à les cueillir. Mais ce cas-ci semblait être retord, et réservait encore quelques surprises. Sa longue expérience et sa connaissance des hommes, surtout celle des criminels de tout poil, lui prédisaient que ce quidam allait leur donner du fil à retordre.

Après quelques secondes de réflexion, pendant lesquelles elle tirait machinalement sur l'un des quatre poils qu'elle arborait sur son menton, elle s'adressa à ses troupes, le lieutenant Lavandin et le brigadier Duchmoll

«Avant tout, il faut savoir si ce que nous raconte ce Lolo correspond bien à la réalité.

— Il faudrait envoyer la police scientifique passer le café au peigne fin, dit le brigadier. Mais de quel café s'agit-il ?

— Il faut exploiter à fond ces courriels pour établir le profil de Lolo et de Jojo, le présumé assassin, fit remarquer le lieutenant. Que savons-nous de ces deux-là ?»

La commissaire se mit à réfléchir à haute voix, tandis que ses subordonnés buvaient littéralement ses paroles.

«Celui qui nous envoie ces courriels dit qu'il dépend de

l'autre. C'est un adolescent qui dépend de son père, ou un handicapé.

— Oui, mais s'il parlait de son père, il l'appellerait Papa.

— À moins qu'il ne veuille brouiller les pistes.

— À un moment, il dit que ce Jojo rapporte des croquettes pour lui. Qui mange donc des croquettes ?

—Les chiens et les chats.

— D'accord, mais vous connaissez beaucoup de chiens ou de chats capables d'écrire des mails ? Il doit s'agir d'autres sortes de croquettes, mangées par des humains.

— Ma grand-mère faisait des croquettes au riz, au poulet ou au saumon pour ses petits-enfants, remarqua le brigadier, qui aimait bien manger.

— Voilà, ce serait plutôt ce genre de produit. Mais malheureusement, n'importe qui peut manger des croquettes. Cela ne nous apprend donc rien sur le consommateur.

— Ce qui me frappe, dans ces mails, ajouta le lieutenant, c'est que Lolo ne parle jamais à Jojo, alors qu'il est tout à fait capable de réfléchir et de donner des conseils, ses messages en témoignent.

— Il est peut-être muet.

— Et puis, Jojo drague à Castellane, et il effectue des achats dans un Carrefour Market, fit remarquer le brigadier. Voyons s'il y en a un près de la Place Castellane, et dès que nous l'aurons trouvé, nous pourrons faire une enquête de voisinage. »

Le lieutenant, qui était resté silencieuse jusqu'à présent, prit la parole :

« *Il dit lui-même qu'il y en a un rue de Rome, pas très loin de Castellane. Mais quelle question peut-on poser ? Jojo a le crâne rasé. Mais il n'est pas le seul à présenter cette particularité.*

— Peut-être quelqu'un a-t-il remarqué le différend entre un chauve et la vieille dame acariâtre, qui ne voulait pas qu'on l'aide. Lieutenant, essayez de retrouver dans quelle fenêtre temporelle cet incident a eu lieu, et puis, vous ferez votre enquête. Si personne n'a rien remarqué, nous sommes mal partis. Allez, mettez-vous sans plus attendre au travail, et tenez-moi au courant. Et vous, brigadier, vous allez enquêter pour savoir s'il y a eu un suicide par pendaison dans un café dans le sixième. Et vous aussi, tenez-moi au courant. Vous savez que vous pouvez me joindre à n'importe quelle heure du jour et de la nuit, sur mon portable. Il faut à tout prix que nous sachions s'il s'agit d'un suicide ou d'un assassinat. Si c'est un suicide, on pourra considérer le cas comme résolu. Sinon, il faudra requalifier le suicide en crime, et il sera alors nécessaire de poursuivre l'enquête. Allez, et je vous souhaite bonne chasse.

— Et où puis-je trouver les informations ?

— Les morts par suicides doivent être déclarées à la police, qui effectue une enquête sur les raisons de la mort. La police judiciaire doit donc avoir la déclaration dans ses fichiers. Mais si vous voulez gagner du temps, allez à la Provence demandez à un journaliste de faire cette

45

recherche sur son ordinateur. Un cafetier qui se suicide par pendaison, ça intéresse les médias, qui pensent que leurs lecteurs doivent absolument en être informés. Quand vous aurez le nom du cafetier et celui du café, vous pourrez alerter la police scientifique, après avoir délimité la scène de crime et empêché les gens de l'envahir. Si c'est nécessaire, faites fermer le café et faites-vous donner les clés. »

N'oubliez pas de contrôler s'il y a des caméras autour de ce café, qui filment les entrées et les sorties, et faites-vous communiquer les enregistrements qui correspondent à l'heure du décès, deux heures avant et deux heures après. Si vous avez besoin d'aide pour dépouiller les données, demandez à vos collègues Lamarque et Guendouz de vous aider. Je vais les avertir dès maintenant. Allez, et bon courage. »

Dès quinze heures, le brigadier avait le nom du cafetier et celui du café. La police scientifique, envoyée en urgence sur les lieux du décès, ne trouva rien d'intéressant. Le café n'était pas un modèle de propreté. Le nettoyage était peu fréquent, et il était fait sans enthousiasme. Un grand nombre de gens avaient piétiné le terrain avant ou après le décès. Si le suspect était passé lui aussi, il était vraisemblablement impossible de le trouver au milieu de toutes ces traces anonymes et entremêlées.

Sur les vidéos tournées par les caméras, on pouvait voir un barbu, chauve et habillé d'une gandoura, qui était entré lentement dans le café avec une corde, et qui en était ressorti sans, un peu plus rapidement.

Malheureusement, il était difficile de distinguer le visage, d'autant plus qu'une barbe en camouflait une bonne partie. Mais les images semblaient corroborer la version donnée par Lolo. Même si on ne savait rien sur l'assassin, même si on n'avait pas la moindre preuve qu'il s'agissait bien d'un crime, il y avait gros à parier que le cafetier avait subi un suicide forcé, qu'il n'avait donc pas décidé lui-même.

Le lieutenant était allé écumer le Carrefour Market. Même munie d'une photo du présumé coupable, obtenue à partir d'une des vidéos enregistrées par le système des caméras placées dans les rues, elle n'eut aucun succès. Personne ne reconnaissait l'homme présent sur la photo.

« Vous savez, des chauves à grande barbe, ce n'est pas ce qui manque dans le quartier, avec ou sans gandoura. »

Quant à l'altercation entre Jojo et la vieille dame, personne n'en avait pris note.

« Ecoutez, il y a très souvent des frictions entre les clients. En général, elles sont de courte durée et discrètes, si bien qu'on ne les remarque pas. »

Si l'on faisait le bilan de la contrattaque de la police, on pouvait dire qu'il était mitigé. On savait certes qu'un individu ressemblant à la description que Lolo en avait faite était bien entré dans le bar avant l'heure présumée du décès, et qu'il en était sorti après cette même heure, confirmant ainsi le courriel reçut. On avait trace du fait, son heure et le lieu.

En revanche, on ne savait rien sur l'identité du suspect. Il ne restait plus que le fil ténu qui les reliait à Lolo.

La commissaire, qui avait réuni ses collaborateurs chargés de l'affaire, résuma ce que l'on savait, ce que l'on ignorait, et tout le monde comprit bien qu'il faudrait attendre le prochain courriel qui, peut-être, apporterait une nouvelle pièce du puzzle.

Le lieutenant fut chargé d'écrire un mail à Lolo, dans lequel elle le remerciait pour son message, en le félicitant pour sa perspicacité et en l'encourageant à poursuivre ses tentatives pour calmer le suspect. Mais elle insistait aussi sur le fait qu'il refusait de dénoncer un criminel, ce qui était beaucoup moins bien. Évidemment, s'il ne pouvait pas lui dire le nom, il pouvait quand même le lui écrire. La ligne rouge avait sans doute été franchie, mais comme la police n'avait pas de preuve, il n'était pas trop tard pour arrêter de faire des bêtises.

7   Jojo change de braquet

« *Madame, Monsieur,*

Je vous remercie pour votre message dans lequel vous me prodiguez des conseils. Je ne peux malheureusement pas faire grand-chose. Ces temps-ci, Jojo n'était pas arrivé à faire passer sa colère, qui grandissait de plus en plus. Lui qui était autrefois la patience incarnée, qui prenait les choses avec philosophie, était devenu une boule de nerf, prête à exploser à tout moment.

Malheureusement, il s'est passé quelque chose de nouveau. Nous habitons près d'une école. À l'heure de la sortie des classes, le quartier est envahi par les voitures des parents des élèves, le plus souvent des mères, qui viennent récupérer leurs ouailles. Sans doute qu'elles ne veulent pas qu'ils se fatiguent à marcher. Les possibilités de parking du quartier étant réduites, les voitures se garent un peu n'importe où, bloquant les rues, empêchant les voitures d'entrer dans leur garage ou d'en sortir gênant, et parfois empêchant la circulation. Ceux qui arrivent trop tard pour se garer dans les endroits permis recourent aux endroits interdits, et ceux qui arrivent encore plus tard, se mettent en orbite. Ne pouvant s'arrêter, ils tournent en rond dans le quartier, augmentant notablement la pollution. Pour gagner du temps, ils roulent au pas, et attendent exagérément longtemps en arrivant aux croisements, laissant passer les voitures qui arrivent dans la rue perpendiculaire en attendant de pouvoir tourner au ralenti. Ils circulent ainsi jusqu'à ce que leurs enfants, qui connaissent bien les coutumes de leurs parents, apparaissent, une fois sortis de l'école, au bord du trottoir du square. Quand la voiture arrive, ils la prennent d'assaut, ouvrant les portières en grand pour bien bloquer la rue, ce qui est bizarre pour des parents qui sont censés aimer leur progéniture. En effet, les écoliers s'entassent dans la voiture, assis, couchés ou même debout, et le véhicule démarre sur les chapeaux de roues, alors que les enfants ne sont pas encore installés, et qu'ils finissent par être assis, sans aucune ceinture de sécurité et, pour les plus petits d'entre eux, sans les sièges pourtant obligatoires. On dirait que les parents ne s'intéressaient pas à la santé, ni à la survie de leur marmaille en cas d'accident. S'ils en perdent un, ils en feront un autre !

Il y a quelques jours, Jojo, qui avait un rendez-vous important, rejoignit le garage où il garait son véhicule depuis plus de vingt ans, en compagnie d'une trentaine d'autres conducteurs. Malheureusement, un quatre-quatre était garé en travers de la porte d'entrée, malgré le panneau de défense accompagné d'une mention écrite en lettres capitales de dix centimètres de haut: « DEFENSE DE STATIONNER . Certains sans-gêne de ce genre prennent au moins la précaution de laisser une feuille de papier comportant leur numéro de téléphone, et il suffit de les appeler pour qu'ils viennent libérer la sortie. Mais rien de tel dans ce cas. Un autre compagnon de galère qui, lui, voulait entrer se garer, attendait dehors, gênant le passage, ajoutant son véhicule à la panique ambiante. Au bout de 35 minutes, une petite femme brune d'une trentaine d'années habillée bizarrement, et portant un sac arborant le logo de Kasher-King, apparut au bout de la rue, accompagnée de trois mioches, et s'approchant, sans se presser, sans s'émouvoir de l'attroupement des trois victimes, sans compter leurs sympathisants, qui attendaient depuis plus d'une demi-heure qu'elle viennent dégager la porte du parking des Vignerons pour leur permettre qui de récupérer son véhicule, qui de garer le sien. Non seulement elle avait été chercher sa marmaille à l'école, mais de plus, elle était allée faire ses commissions au magasin du coin, sans se soucier le moins du monde des occupants du parking qu'elle bloquait ainsi. Les gens comprirent très vite le mépris qu'elle leur portait, car lorsque Jojo, constatant qu'il ne s'agissait pas d'un cas d'urgence, lui fit le reproche de sa nonchalance, elle le traita de « Français de merde », et quand il lui eut demandé ce qu'elle était, elle, si lui était un français de merde, elle dit qu'elle n'était rien. Un homme assez gros qui attendait pour garer sa voiture et qui lui faisait des reproches fut traité de « con de gros ».Et, chacun ayant reçu son paquet, et sans tenir aucun compte de l'émoi qu'elle avait suscité, elle installa ses trois mioches, intimidés par les protestations indignées des gens, sur le siège arrière, prit le temps de déposer ses commissions dans le coffre, et finit par s'installer au volant de la voiture, par démarrer le moteur et s'éloigner, sans se presser, écrasant tous les gens présents de tout son mépris, elle qui, selon toute apparence, pensait faire partie d'une catégorie supérieure, et en aucun cas de la clique des gros, ce qui se comprenait, ni de celle des Français, ce qui se comprend moins étant donné sa prononciation irréprochable.

Cet épisode avait choqué Jojo, à tel point qu'il me raconta

sa mésaventure dans les mêmes termes que ceux que j'ai choisis pour vous informer. Il ajouta, en conclusion, que non seulement ces gens envahissaient le quartier et le bloquaient pendant une bonne demi-heure, mais encore prenaient leurs aises selon l'expression «où il y a de la gêne, il n'y a pas de plaisir» et insultaient ceux qui osaient s'en plaindre.

Cette fois, il fit la tête toute la soirée, et je l'entendis plusieurs fois grommeler les termes de «scandale» et de «tirer dans le tas». Lui qui avait été professeur pendant trente-six ans avant sa retraite, prise l'année dernière, il semblait avoir des griefs contre les élèves et surtout contre leurs parents. Il avait visiblement du mal à digérer l'insulte de «Français de merde», venant de quelqu'un s'estimant non français, et d'une caste supérieure.

Le lendemain, il sortit vers dix heures, l'heure où les élèves de l'école incriminée vont dans la cour de récréation. Il avait revêtu sa tenue de djihadiste : barbe, gandoura et crâne rasé de frais. Peut-être dix minutes plus tard, j'entendis une importante détonation, qui fit vibrer les vitres de l'appartement. Un quart d'heure s'écoula encore avant le retour du djihadiste, la gandoura roulée sous le bras et un bonnet sur la tête. Il sortit la fausse barbe de sa poche.

Devant mon regard dubitatif, il m'a raconté, assez content de lui, qu'il avait lavé l'insulte dont il avait été victime dans le sang.

On entendait déjà les sirènes des pompiers, des ambulances, et celles de la police. Accoudé à la rambarde *de la fenêtre, il buvait du petit lait. Les policiers bloquaient la rue Edmond Rostand et celle des Vignerons. Passant par l'entrée principale de l'école, située rue Saint-Suffren, les pompiers entrèrent dans la cour, et on les vit ressortir assez rapidement de l'école avec une civière qui semblait être occupée par un homme. Et c'est tout ce que nous vîmes par la fenêtre. Déjà, des policiers faisaient du porte-à-porte pour interroger d'éventuels témoins. Questionné, Jojo leur dit qu'il avait été alerté par une détonation alors qu'il faisait la vaisselle dans sa cuisine. Il n'avait donc rien vu. Quand il s'était mis à la fenêtre pour voir ce qui s'était passé, la police et les pompiers arrivaient déjà. Les policiers notèrent son nom et son numéro de téléphone, au cas où ils auraient besoin de plus de détails, et allèrent sonner chez le voisin.*

Jojo referma la porte de l'appartement et me dit qu'il allait m'expliquer ce qui s'était vraiment passé. Il était allé jusqu'au mur de l'école, un mur de deux mètres cinquante de haut, qui séparait la cour de récréation de la rue. Il avait dégoupillé une grenade et l'avait jetée par-dessus le mur. Elle avait explosé dans la cour, au milieu des gosses, de ces affreux mioches, cause de ses ennuis et des insultes qu'il avait dû encaisser. Il ne connaissait pas le nombre de victimes, un bon nombre, sans doute, à en croire la force de la détonation.

Satisfait, il alla allumer la télévision et choisit BFM, la télévision de l'information. On parlait déjà de l'attentat qui venait d'avoir lieu à Marseille, dans le sixième. Il alla se chercher une bière, et s'installa dans le fauteuil.

La présentatrice, avec le ton pompeux correspondant aux

circonstances, expliquait qu'un suspect recherché par la Police, avait crié « Allah Akbar » avant de jeter une grenade dans la cour de récréation d'une école confessionnelle juive du sixième. La grenade avait explosé, mais vraisemblablement de fabrication artisanale, et donc, peu fiable, elle n'avait produit qu'un faible souffle, et c'est alors qu'un surveillant, qui, voyant la grenade rouler sur le sol, avait fait un rempart de son corps pour protéger les élèves, et qu'il fut blessé à la jambe par un éclat. Il avait été transporté aux urgences à La Conception et hospitalisé. Ses jours n'étaient pas en danger.

Déjà le président de la République avait dit que l'on ne savait pas s'il s'agissait d'un attentat islamiste ou du geste d'un déséquilibré. Le fait que l'auteur de l'attentat ait crié Allah Akbar ne prouvait rien, et il ne fallait surtout pas faire l'amalgame avec nos concitoyens musulmans, qui étaient des gens paisibles.

Pourtant, cinq minutes avant la communication du président, l'État islamique avait déjà revendiqué l'attentat. Jojo était perplexe : il avait lancé une grenade achetée chez un fournisseur des quartiers nord, qui était à première vue du toc. Elle était capable de déclencher du bruit, mais n'explosait pas. Elle ne valait pas mieux qu'un pétard, mais coûtait beaucoup plus cher.

Il avait contribué à la naissance d'un héros qui, s'étant interposé entre la grenade et les enfants, les avait en fait protégé d'un pétard. Et de plus, il avait été blessé par un éclat qui avait été propulsé, qui sait par quel miracle. Jojo était prêt à parier vingt sous contre un cornet de frites qu'il allait bientôt avoir la Légion d'honneur. Quant au bain de sang, il s'était commué en pipi de chat. Tout ça pour ça ! Il n'y avait vraiment pas de quoi pavoiser !

Heureusement qu'il avait pu fuir par la rue Sainte Victoire, faire disparaitre sa barbe et sa gandoura sans témoin. Il était revenu par la rue Paradis pour rentrer chez lui. Il avait conscience qu'il était maintenant dans la panade, car sa grenade était prise au sérieux, car, comme on dit quand on fait un cadeau de peu de valeur, « c'est l'intention qui compte ». Il allait s'acheter une perruque par Internet, pour le cas où l'on rechercherait un homme au crâne rasé. Il fut tenté de choisir une perruque rousse, mais craignant que ses voisins ne se posent des questions, il se contenta d'une version grisonnante, plus discrète et plus en rapport avec son âge.

Les policiers ayant investi le quartier, Jojo préféra se mettre au vert en allant passer une semaine dans les Alpes, où il avait un appartement. Nous voilà donc partis pour les Alpes. Je ne pourrai donc pas vous écrire pendant tout ce temps, mais quelque chose me dit qu'il ne se passera rien, car Jojo n'aura aucune raison de s'énerver. En général, les séjours dans les Alpes sont calmes, et Jojo se détend vraiment.

Cherchez bien, en attendant, et réjouissez-vous qu'il ne se soit presque rien passé.

Cordialement

Lolo Le Birman »

8   Le commissariat contre-attaque

Le commissariat du sixième avait bien sûr été alerté après l'explosion de la grenade, l'attentat ayant été perpétré sur son territoire. La commissaire venait de recevoir le courriel de Lolo. Mais, si l'on peut dire, elle avait d'autres chats à fouetter, si bien qu'elle l'avait mis de côté. Elle dut se rendre sur les lieux du crime pour pouvoir évaluer la situation avec exactitude. Cet attentat était particulièrement atypique.

Un criminel avait lancé une grenade par-dessus le mur d'une cour d'école à l'heure de la récréation. Cette grenade avait explosé, blessant légèrement un surveillant qui avait protégé de son corps les élèves les plus proches de l'explosion. Le surveillant avait été hospitalisé, la police scientifique s'était mise au travail à la recherche d'indices intéressants. Les policiers du commissariat s'étaient mis en campagne pour interroger les éventuels témoins, et pour éplucher les enregistrements des caméras du secteur concerné. La commissaire voulait avoir les rapports sur son bureau le plus tôt possible.

Heureusement, la grenade avait fait long feu, car avec une bonne grenade à fragmentation, il y aurait eu un carnage dans un rayon de cinquante mètres. La commissaire avait hâte de lire le rapport sur la grenade, qui s'était révélée n'être qu'un gros pétard.

Ensuite, elle se mit à réfléchir sur l'inconséquence des

gens. D'abord, quand on veut protéger des enfants dans une cour, on construit un mur beaucoup plus haut, pour éviter, comme le matin même, que quelqu'un ne jette quoi que ce soit de dangereux par-dessus le mur. Surtout quand on était dans une école confessionnelle, qui attirait les tordus de tout poil. Ses pensées vagabondes l'amenèrent ensuite à réfléchir sur ses concitoyens. On se trouvait en état d'urgence, ce qui présuppose que l'on craignait des attentats, surtout lorsque de nombreuses personnes sont réunies en un même lieu, et qu'elles sont si occupées ou distraites qu'elles ne se méfient pas. Or, depuis les attentats du Bataclan, on avait organisé une coupe d'Europe de football, avec les mouvements de foules qui allaient avec. On avait toléré le mouvement de la nuit debout dans plusieurs villes, sans protection fouillée. On avait laissé des foules manifester, d'autres se rassembler par milliers pour voir les feux d'artifice, comme à Nice, où un terroriste a tué 84 personnes et blessé 331 autres, par des moyens simples, en fonçant avec un camion dans la foule, sans état d'âme. En réalité, cet état d'urgence n'avait pas été promulgué pour protéger les citoyens, mais plutôt pour permettre à la police de perquisitionner, d'arrêter les personnes et les mettre en garde à vue plus facilement, en évitant les contraintes administratives habituelles.

La commissaire se disait également que, fort heureusement, les terroristes laissaient passer de très nombreuses occasions en or. Quant au citoyen, il était comparable aux antilopes : les bêtes fauves peuvent théoriquement les tuer facilement. Heureusement, les fauves étant beaucoup moins nombreux que les antilopes, la plupart de celles-ci s'en sortent bien. Le problème, c'est de ne pas rencontrer de fauve. Mais alors, c'est une question de chance. Mais doit-on en tant que politique, spéculer sur la chance de chacun ?

En ayant vu assez, la commissaire rejoignit rapidement son bureau, laissant aux politiques et au préfet le soin de réconforter les personnes visées par l'attentat, et de leur promettre que des mesures seraient prises. La commissaire était là pour le travail, et non pas en représentation.

Ayant réintégré son lieu de travail habituel, elle réfléchit, la tête appuyée sur son bras, le coude sur la table. L'attentat avait été revendiqué par l'État islamique très vite, avant que l'on n'apprenne qu'il n'y avait qu'une seule victime, légèrement blessée. Il n'y avait aucune raison d'être fier de cet attentat manqué.

Les premiers rapports l'attendaient sur sa table. Les caméras de vidéosurveillance avaient filmé l'auteur de l'attentat. C'était un homme de taille moyenne, avec une grande barbe de djihadiste, le crâne rasé et vêtu d'une gandoura. Cette description rappelait quelque chose à la commissaire. Quelques secondes lui suffirent pour se rappeler que le suspect dans l'affaire du cafetier « suicidé » correspondait à cette description. Immédiatement lui revint à l'esprit le courriel de Lolo, qu'elle n'avait pas encore lu. Elle le retrouva dans son ordinateur, et le lut en poussant, de temps à autre, des exclamations. Elle savait maintenant de source sûre qui était le coupable, même si elle n'en connaissait ni le nom, ni l'adresse. Elle savait aussi que, malgré son apparence, il n'était ni barbu, ni djihadiste. Cela montrait bien que l'Etat islamique ratissait large, et prenait à son compte tout ce qui ressemblait à un acte terroriste.

Il allait falloir attendre le retour des Alpes de l'affreux Jojo, comme elle l'avait baptisé. En attendant son retour, il faudrait quand même essayer d'enquêter. Elle fit venir son équipe de choc pour en discuter.

Le lieutenant et le brigadier furent abasourdis lorsqu'ils eurent fini de lire le courriel, que la commissaire avait imprimé en double exemplaire pour leur en faciliter la lecture. D'un côté, le fait que l'affreux Jojo apparaisse dans deux affaires vraisemblablement liées leur simplifiait la tâche. Ils furent d'accord pour reconnaître que les détails donnés par leur mystérieux correspondant étaient corroborés par ce que l'on pouvait voir sur les vidéos de surveillance. Malheureusement, les images délivrées, trop petites et trop sombres, ne permettaient pas de reconnaître autre chose que la fameuse barbe et la gandoura. Il y avait bien une caméra, placée au sommet du mur de protection et censée filmer ce qui se passait le long de ce mur. Hélas, l'engin ne marchait plus. Il était tombé en panne le mois d'avant, et le budget étriqué de l'école n'avait pas permis de dégager la somme nécessaire à sa réparation. Cela illustrait bien la différence entre ce qui aurait dû être dans l'idéal, et ce qui était vraiment dans la triste réalité.

Une chose tracassait les enquêteurs : une personne barbue, chauve et vêtue d'une gandoura, était bien documentée par la caméra du square, et on la voyait soudain disparaître, sans doute dans une rue adjacente, située en face du mur de l'école, et qui menait à la rue Paradis, ou alors, dans la rue Sainte-Victoire. La rue filmée faisant un léger coude, loin de la caméra, on ne voit plus le suspect dès qu'il a traversé. Pourtant, la caméra située rue Paradis, devant le consulat d'Israël, n'avait filmé aucune personne correspondant à ce signalement. La première personne à apparaître est une femme, suivie de trois enfants. Le premier homme qui en sort ne correspond pas à la description. Et comme on ne l'a pas vu pénétrer dans la rue, de l'autre côté, il faut supposer qu'il habite dans la rue des Vignerons. Quant au suspect, il pourrait aussi habiter dans cette rue, plutôt vers le début, côté Edmond Rostand, puisqu'il était gêné par la musique du café. Il allait falloir que quelqu'un fasse des recoupements en étudiant les vidéos, pour voir quelles personnes entrent dans cette rue ou en sortent, et il faudrait également faire du porte à porte, pour savoir qui habite où, et prendre toutes les informations possibles pour avoir une description précise de ceux qui habitent là. On aurait pu se servir des données recueillies lors du dernier recensement, mais celui-ci remontait à plusieurs années. Une grande partie de la population avait dû changer, et la seule façon de procéder, c'était de faire une vaste enquête de voisinage. Et si l'on pensait au fait que les gens ne sont pas constamment chez eux, et qu'il faudrait attendre leur retour, tout en effectuant les visites à des heures acceptables, ni trop tôt, ni trop tard, on se doutait que l'enquête durerait longtemps.

En attendant la fin de cette enquête, il allait falloir exploiter au maximum le contenu des deux courriels de Lolo, pour voir s'ils recélaient quelque surprise susceptible d'éclairer leur lanterne. Chacun retourna à son bureau, pour lire et relire ces deux courriels.

En début d'après-midi, ils se réunirent pour discuter des détails découverts.

«*D'abord, il a une voiture dans un parking de la rue des Vignerons, dit le lieutenant. Il y en a deux : un tout petit, pour quatre véhicules, et un beaucoup plus grand, qui peut contenir une trentaine de véhicules. Il faudra demander à l'agence de location le nom et l'adresse des utilisateurs. L'un deux est forcément notre homme.*»

«*Et puis, fit remarquer la commissaire, Lolo dit bien qu'il s'est enfui par la rue Sainte-Victoire, et qu'il est passé par la rue Paradis. Il faut donc étendre notre domaine d'enquête à ces deux rues.*»

«*Et puis, surenchérit le brigadier, s'il passe par la rue Paradis pour rentrer chez lui, il peut se rendre dans une rue adjacente : Saint Suffren, ou même plus loin en remontant à gauche ou en redescendant à droite.*»

«*Nous savons aussi que c'est un ancien professeur, qu'il a fait son service au Tchad, qu'il est retraité depuis un an.*

— C'est vrai, mais à quoi reconnait-on un ancien prof ? À une odeur de craie ?

— Il faut demander à la CNAV, pour savoir qui est retraité dans le quartier.

—On peut savoir sur quel compte en banque ils versent la retraite, mais il n'est pas sûr qu'ils aient la dernière

adresse. *Un retraité peut très bien quitter son logement, surtout s'il le trouve trop cher, ou trop grand. Les enfants vont s'installer ailleurs, et la retraite est souvent moins importante que le salaire. C'est une bonne occasion de trouver moins cher en prenant un appartement plus petit. Et peut-être aussi à la campagne, où l'immobilier est moins cher, à l'achat comme à la location.*

— Et le service militaire ? L'armée doit avoir des archives, non ?

— Cela fait bien 40 ans qu'il a effectué son service. C'était avant l'invention du PC, il y a 36 ans. Il n'est pas sûr que toutes les fiches manuelles aient été numérisées et que l'on retrouve facilement un homme dont on ne sait pas le nom, ni les dates du service. Toutes nos données sont floues et imprécises. Quant à savoir s'il a été prof dans l'Académie d'Aix-Marseille, de Lille ou même à l'étranger, cela me paraît impossible. Nous allons d'abord interroger l'agence qui loue les places de parking. Cela nous donnera au pire trente noms, sans doute moins, car il doit bien y avoir des femmes parmi les locataires, sans barbe et sans crâne rasé. Ensuite, nous aurons les adresses et les numéros de compte. Si l'adresse s'avère être désuète, nous passerons par la banque qui, elle, doit avoir l'adresse. Ensuite, nous rendrons visite à ceux qui entrent en ligne de compte, et nous finirons par réduire le nombre de suspects, que nous mettrons sur écoute et que nous ne lâcherons pas d'une semelle. Courage, je sens que nous approchons du but. Il faut à tout prix que nous coincions ce malade. Et comme il sera bientôt de retour, il fera sûrement la faute décisive. Et puis, une idée me vient.

Contrôlez aussi quelles voitures sont présentes dans le garage. Celle de notre suspect doit être sortie pendant une bonne semaine. »

— Et si, méfiant, il avait loué une autre voiture ?

_ Vous avez raison, Lieutenant. Vérifiez aussi quels véhicules ne sortent jamais ?

— Et qui fait quoi ?

—Je crois que vous devriez d'abord travailler ensemble pour avoir la liste des suspects possibles et celle des voitures qui sont constamment de sortie ou qui ne bougent pas. Ensuite, vous pourrez vous partager le travail, l'un poursuivant la piste de l'Académie, l'autre celle de la caisse de retraite et des banques, si c'est nécessaire. Allez-y, et tenez-moi au courant dès que vous avez quelque chose. N'attendez pas d'avoir terminé. Allez, vous avez ma bénédiction. Quant à moi, je vais voir le préfet qui me met la pression. Et si vous rencontrez des journalistes qui veulent vous interroger, envoyez-les-moi. Moins ils en sauront, et plus nous pourrons travailler tranquillement.

—D'accord, patron. On y va. »

9   Une lueur dans l'obscurité

Deux jours plus tard, les rapports s'étalaient sur le bureau de la commissaire. On savait désormais qu'il y avait 29 véhicules, dont 23 renvoyaient à un locataire masculin. On avait désormais la liste de ces personnes, et on était en train de vérifier si elles correspondaient à la réalité. Il y avait donc 23 cas à observer.

Les enquêteurs visitaient le garage trois fois par jour : matin, midi et soir, car il y avait beaucoup de mouvements dans ce garage.

Quatre voitures ne bougeaient jamais, deux parce que le propriétaire était retraité et faisait ses commissions à pied dans le quartier, le véhicule n'étant utilisé que lors de voyages loin du département. L'un des véhicules appartenait à un homme qui s'était cassé la jambe, et ne pouvait donc pas conduire. Le quatrième avait pour propriétaire un homme décédé, dont la veuve ne savait pas conduire. Elle avait mis la voiture en vente dans le Bon Coin, et attendait une réaction de clients potentiels. Il restait donc un groupe de 19 cas à contrôler.

Les enquêteurs étaient donc passés à la deuxième étape, la vérification des adresses. Quatre places constamment vides montraient que les véhicules correspondants étaient en déplacement loin de Marseille. Au cours de nombreuses visites chez ces personnes, les enquêteurs trouvèrent porte close. Ces locataires étaient donc absents de Marseille. Par conséquent, il y avait des chances que le suspect soit l'un de ces absents.

Les enquêteurs remarquèrent que certains véhicules ne rentraient pas le soir, mais réapparaissaient le lendemain à un moment quelconque de la journée. Sans doute les locataires avaient-ils découché. Mais les policiers n'étaient pas là pour enquêter sur la moralité ou les habitudes sexuelles de leurs concitoyens.

Les places restantes étaient parfois vides, parfois occupées, ce qui montrait qu'il y avait du mouvement. Les propriétaires de ces véhicules furent donc éliminés de la liste des suspects.

Il n'y avait plus qu'à se renseigner auprès des voisins sur les gens absents. Les policiers apprirent que l'un d'eux était parti faire un voyage de trois semaines aux Seychelles. Il avait d'ailleurs envoyé une carte postale qui fut exhibée aussitôt. L'expéditeur devait rentrer à la fin de la semaine. D'ailleurs, s'il était bien retraité, comme le suspect, il avait fait carrière dans les pétroles, se rendant souvent à l'étranger, sur des plateformes de la compagnie Total.

La seconde personne manquante avait été hospitalisée la semaine précédente pour un infarctus, et ne sortirait pas avant quelques jours. Il ne restait donc plus qu'un suspect. Les voisins savaient peu de choses sur lui. Il était retraité, ancien professeur de mathématiques, et il donnait de temps à autre des cours gratuits à leur fiston, quand celui-ci en avait besoin. Il était parti la veille, mais il n'avait pas dit où il allait, ni combien de temps il resterait absent. Il leur avait laissé la clé de la boîte aux lettres pour prendre le courrier. Les enquêteurs purent y jeter un coup d'œil : il n'y avait que des factures EDF, Engie, SFR, etc. Rien de bien affolant donc.

La description de cet homme correspondait parfaitement à celle du suspect. De plus, il s'appelait Joseph, ce qui coïncidait avec le surnom de «Jojo».

Il n'y avait donc plus qu'à monter une souricière pour le cueillir à son arrivée. L'appartement fut mis sous surveillance, sa ligne sur écoute. On découvrit qu'il avait un portable, qui fut lui aussi mis sur écoute.

Le soir, il téléphona à la voisine qui prenait le courrier pour savoir s'il y avait une lettre du Rectorat. Comme ce n'était pas le cas, il raccrocha assez vite. Les policiers réussirent à le localiser dans le département de la Somme, à Doullens, ville ou un dompteur avait été attaqué par un de ses lions en mai, à en croire le Brigadier, qui était au courant de tous les incidents notables.

La commissaire se dit que ses subordonnés avaient fait du bon travail, et qu'on allait enfin voir le bout du tunnel. Il n'y avait plus qu'à organiser la souricière qui permettrait de se saisir du suspect.

10 Retour de congés

Quelques jours plus tard, le suspect rentrait chez lui. Malheureusement, c'était un homme de petite taille, d'un mètre cinquante environ, et qui souffrait d'obésité. Il pesait dans les cent cinquante kilos. Ce signalement ne correspondait pas du tout à celui de l'homme recherché. Même en comprimant son ventre avec une ceinture et en marchant avec des talons aiguilles, il n'aurait pas la même silhouette. Il fallait se rendre à l'évidence : ce n'était pas l'homme recherché.

La commissaire réunit son petit groupe.

« *Comment se fait-il que nous n'ayons pas trouvé la bonne personne ?*

—Sans doute qu'il a prêté son véhicule à quelqu'un, dit le Lieutenant.

— Ou alors, fit remarquer le brigadier, il permet à quelqu'un de prendre sa place quand il n'est pas là. Il faudrait savoir quelle voiture est là. Et le loueur de places ne demande pas à ses clients le numéro de leur voiture.

— Alors, on pourrait noter nous-mêmes les numéros de toutes les voitures pour voir à qui le véhicule appartient, en donnant le numéro au service de l'immatriculation. Au moins, on saurait si l'un des véhicules utilisait une place qui ne lui appartenait pas.

— *Vous avez raison. Faites un plan du parking, dessinez les places et marquez le numéro de la voiture qui l'occupe dès qu'elle sera garée dessus.*

— *D'accord, patron, nous allons y aller dès ce soir.*

— *C'est ça. Et comme d'habitude...*

— *Nous vous tenons au courant. J'irai moi-même vers vingt heures. Le brigadier a une réunion de service, et il ne sera pas libre avant vingt heures.*

— *Allez-y. Nous tenons le bon bout, maintenant. Réunion demain à 11 heures. »*

Le lendemain, à onze heures, le comité se réunit comme prévu. Le plan du parking était fait. Les numéros d'immatriculation étaient inscrits. Le lieutenant avait téléphoné toute la matinée pour avoir les noms des conducteurs. Tous s'attendaient à ce qu'enfin un des numéros amène à un nom qui ne soit pas dans la liste. Malheureusement, il fallut bien constater que tous les noms obtenus étaient bien dans la liste officielle des locataires du parking.

« Si quelqu'un était absent hier, il ne l'était plus le soir à vingt heures. Le suspect a dû rentrer en fin d'après-midi. Nous avons eu l'idée trop tard, ou il est rentré trop tôt, comme on voudra.

— *Il ne nous reste donc plus qu'à attendre que Lolo se manifeste et nous livre de nouvelles informations.*

— *Ou que le suspect frappe à nouveau. Nous finirons bien par l'avoir. Nous connaissons déjà le quartier où il habite, son garage, son allure générale quand il est déguisé en* djihadiste. *Il est cerné, il faudra bien qu'il se rende.*

— *Et vous n'avez pas de pression d'en haut ?*

— *Oh que si ! Le préfet réclame des résultats parce que le ministre lui en demande. Et puis il y a aussi les autorités religieuses israélites qui poussent. Et puis bien sûr la presse, qui aimerait avoir des détails, les journaux, les radios, les télévisions.*

— *Et on ne pourrait pas s'en servir, de la télévision ? On ne leur a pas donné les images qu'on avait ?*

— *Si, on leur a donné quelques extraits des vidéos venues des caméras. Mais d'abord elles sont trop sombres, le suspect est trop petit, son visage est camouflé par sa grande barbe, bref, on ne peut pas y reconnaître grand-chose. Et cela vaut mieux. Sinon, nous croulerions sous les courriels et les coups de téléphone de gens qui jureraient avoir vu le suspect, et qui dénonceraient leurs voisins, surtout si leur tête ne leur revenait pas. »*

11 Amour, toujours

En début d'après-midi arriva un nouveau courriel. Cette fois, la commissaire tint à le lire tout de suite, dans l'espoir d'en tirer de nouvelles informations qui lui permettraient enfin de coincer cet affreux Jojo.

Le début du message révélait le retour des deux amis des Alpes. Apparemment, le séjour s'était bien passé, et Jojo avait fait, dans une boîte de nuit, la connaissance de Simone, une quinquagénaire qui, quel hasard, habitait à Marseille ! Ils étaient revenus ensemble des Alpes. Elle habitait près de la place Castellane. Comme elle était ultra-catholique, il n'y avait pas eu de contact physique entre les deux. C'est ce qui amusait Jojo, qui avait l'impression de fréquenter une extra-terrestre. Cela signifiait que hors mariage, rien n'était possible. Simone travaillait comme bénévole dans une association catholique antiavortement, SOS-Tout-Petiots, qui aidait les filles enceintes à conserver leur enfant. Celles qui avaient de l'argent étaient soutenues psychologiquement. Quand elles étaient pauvres et seules, donc en détresse financière et morale, on leur proposait une chambre dans une sorte de refuge. Lorsque l'enfant était né, on les plaçait dans un foyer dirigé par l'association elle-même ou dans une association sœur. Si la jeune mère ne voulait pas garder son enfant, elle pouvait accoucher sous X, anonymement, donc, et l'enfant était donné à l'adoption. L'essentiel, c'était que le fœtus ne soit pas éliminé et que l'enfant naisse. Tout semblait donc idyllique dans ce monde catholique pro mère et enfant. Mais voilà, il y avait un revers à la médaille : la lutte antiavortement en tant que lutte contre les femmes qui se débarrassaient du fœtus avant qu'ils ne deviennent trop gênants, et les médecins qui pratiquaient l'avortement. En effet l'église catholique, parmi tous ses interdits, ne voulait pas de la contraception ni de l'avortement. Toute fille enceinte sans l'avoir désiré se trouvait coincée. Et toute fille qui a envie de faire l'amour risque fort de le devenir. Et si elle est enceinte, c'est qu'elle n'a pas obligé son partenaire à mettre un préservatif. En plus, donc, elle risque le sida.

Mais le Pape lui-même, lors de son voyage au Kenya, interrogé par un journaliste allemand «*Alors que le virus du sida continue de se propager, comme au Kenya et en Ouganda, ne serait-il pas temps de changer la position de l'Église contre l'usage du préservatif pour prévenir des contagions futures ?* », le Pape a tourné en rond et a fini par répondre : « *Oui, c'est une des méthodes* », et il s'est empressé de rappeler le « commandement » *de l'Église qui exigeait que* « *la relation sexuelle soit ouverte à la vie* ». On ne savait pas que le Pape faisait des réponses de Normand : «P'têt ben que oui, mais p'têt ben que non aussi ! «À moins que ce ne soit une réponse de jésuite ? En tout cas, l'église n'accepte pas la recherche du plaisir autrement qu'accompagné de la possibilité de procréer. Le plaisir pur grâce à l'emploi de contraceptifs, est proscrit.

«D'après ce que Jojo m'a raconté, la donzelle était sympathique, mais fondamentaliste. Elle faisait même partie des commandos antiavortement, et participait régulièrement à des actions de dissuasion avant décision,

devant les locaux du planning familial, ou carrément antiavortement, dans les centres IVG.

Jojo a ajouté : « Comme je m'intéressais à leurs méthodes, elle m'a proposé de venir avec elle dans ses actions. Je n'aurais pas besoin d'être actif. Je pourrais me contenter d'observer pour me faire une idée. Et si j'étais convaincu, je pourrais me joindre à eux dans l'association. Je suis donc allé avec elle à une action devant le Planning familial.

Lorsque je suis arrivé, vers 9 heures, Il y avait devant la porte quatre personnes : 3 femmes et un homme, tous d'un certain âge. Simone était parmi eux. Elle m'embrassa comme une copine sur les deux joues, et me remit un paquet de papiers contenant des tracts et des brochures, pour que je puisse prendre connaissance de leur point de vue.

Je les ai mis dans ma sacoche pour les lire à tête reposée dans la soirée.

Le groupe est entré dans la salle d'attente, où attendaient une dizaine de femmes et un homme. On se doute que la contraception intéresse plus les femmes que les hommes, car ce sont elles qui craignent le plus, dans ces relations amoureuses, les suites involontaires, dont la plus grande est certainement, hormis le sida, une grossesse inopinée. L'Église catholique interdisant l'ensemble des solutions contraceptives, les catholiques fondamentalistes veulent donc empêcher tout le monde de les appliquer. C'est pour cela qu'ils pratiquent l'information fouillée grâce à une série de sites, dont le célèbre www.ivg.net, qui révèle toutes sortes de solutions autres que l'interruption volontaire de grossesse pour les jeunes femmes enceintes qui envisagent une I.V.G. Ils pratiquent aussi l'intimidation, soit en essayant de culpabiliser les candidates à l'avortement et les médecins qui le pratiquent, soit en expliquant que l'avortement n'est pas anodin, et s'accompagne de douleurs ou de réactions secondaires allant de la dépression à la mort, en passant par divers maux ou syndromes, dont l'infertilité. Pour informer, ils distribuent force tracts et brochures. Comme la réflexion ne suffit pas toujours, ils exercent aussi des pressions psychologiques : on offre des petits chaussons tricotés, des photos de bébés qui sourient (ceux qui ont une mère aimante) ou pleurent (ceux qui auraient pu être éliminés pendant la grossesse et qui regrettent amèrement que leur mère les ait abandonnés). Ensuite, il y a aussi des photos de fœtus, dont un qui suce son pouce, le premier au hit-parade des fœtus. Il a les yeux fermés, et l'on voit nettement sa petite main et son pouce qui est enfoncé dans la bouche. Évidemment, ce spectacle est touchant, et il est censé montrer que le fœtus est un humain en miniature. Le problème, c'est que l'I.V.G. doit être pratiquée avant la fin de la douzième semaine, alors que les fœtus que l'on a photographiés dépassaient largement cette limite, car plus on se rapproche de la naissance, plus la ressemblance est frappante, et si l'on veut émouvoir les femmes enceintes, on leur montrera des fœtus qui ont une apparence humaine, plutôt que d'autres rappelant plutôt un batracien.

J'ai fait ce reproche de tricherie sur les dates à Simone, qui m'a dit que l'important, c'était que cela fonctionne.

« *Qu'importe le fœtus pourvu qu'on ait l'enfant ?* »

Les tracts furent distribués. On fit remarquer aux gens présents que l'I.V.G. était un génocide, et on leur montra où trouver les adresses de sites proches de l'association, ainsi que les numéros de téléphone permettant de se connecter à une conseillère.

Une fois la propagande terminée, le petit groupe sortit, laissant des gens dubitatifs. Tout le monde ayant des obligations ailleurs, le petit groupe s'est dissipé après moult bisous, non sans s'être donné rendez-vous pour le vendredi suivant à l'hôpital de la Conception.

J'ai demandé alors à Simone ce qu'il devait se passer à La Conception. Elle m'expliqua qu'il devait y avoir des I.V.G. C'est quelqu'un de l'équipe médicale qui les avait mis au courant : une I.V.G. était prévue pour dix heures dans le service compétent.

Bien sûr, leur intervention m'intéressait, d'autant plus qu'elle promettait d'être musclée. »

Ensuite, il me reparla de Simone, qui lui plaisait bien, mais qui lui posait quelques problèmes. Lorsque l'on n'est pas religieux, on a du mal à vivre avec quelqu'un pour qui la religion passe avant tout. Il est alors difficile de trouver un terrain d'entente.

Pour elle, il n'était pas question de devenir intimes hors mariage. Ensuite, elle allait tous les matins et tous les soirs à la messe. Jojo, lui, était athée. Il ne fallait pas compter sur lui pour aller suivre la messe. Il se contenterait pour l'instant de l'accompagner à la prochaine campagne anti-

I.V.G. de la Conception, par pure curiosité, pour voir jusqu'où ils iraient.

Le vendredi, comme prévu, il se rendit à la Conception. L'Ambiance était cette fois différente de celle du planning familial. On se trouvait au lieu même où étaient pratiquées les I.V.G., autrement dit, dans l'antre du loup.

Une jeune femme attendait dans la salle d'attente de passer. Apparemment, elle n'était pas très détendue, et ressentait une certaine appréhension devant l'inconnu.

Simone avait expliqué à Jojo que les anti-I.V.G. avaient une tactique reposant sur quelques idées simples. D'abord, se servir des principes de dissuasion utilisés lors des interventions au planning familial. Ensuite, il fallait entrer, en force si possible, dans la salle d'opération et s'enchaîner au matériel en place, pour éliminer la stérilité de la salle et la rendre inopérante pendant plusieurs heures. Il fallait détruire tous les paquets de RU 486, la pilule abortive, qui se trouvaient souvent entreposés à côté de la salle d'opération. Il fallait tenter de rester le plus longtemps possible dans les locaux, en attendant la venue de la police qui allait donner plus de publicité à l'intervention. Enfin, seuls les responsables du groupe, qui étaient rodés à l'affrontement verbal et connaissaient bien les arguments pour et contre avaient le droit de parler avec les patientes, l'équipe médicale ou les policiers. Les autres devaient se taire et ne pas répondre aux questions qu'on leur poserait.

Je redonne la parole à Jojo : «*La patiente qui attendait son tour avait l'air d'appréhender ce qui allait se passer, et* qu'elle n'avait jamais vécu auparavant. Quand on lui montra les images de bébés, celles du fœtus qui suce son pouce et diverses caricatures représentant Simone Veil, responsable de la loi permettant l'I.V.G., avec la mention «Criminelle», la jeune femme se mit à pleurer, disant qu'elle avait été violée et qu'elle ne voulait pas de ce bébé. Cette femme m'a beaucoup touché et je ressentais sa détresse. Comment garder le fruit d'un viol ? Comment le porter neuf mois, faire les visites chez le médecin, les échographies, jouer les mères porteuses, de plus, gratuitement, et en fin de compte, le donner à l'adoption après avoir accouché sous X. Et ensuite, il fallait vivre comme si de rien n'était. Catastrophe pour catastrophe, autant suivre l'adage allemand : « Mieux vaut une fin dans la douleur qu'une douleur sans fin. » Simplement pour en finir avec ce cauchemar. Le groupe, qui était très informé, se dirigea vers la salle d'opération et l'investit. Je l'ai suivi à contrecœur, car, en fait je ne voulais plus rien avoir à faire avec eux. Les intervenantes se sont enchaînées avec des antivols de vélo qui à une table, qui à un ordinateur reposant sur un pied. À première vue, le personnel avait appelé la police, laquelle intervint rapidement. Pour ne pas être emmené, j'ai prétendu être le compagnon d'une patiente, surenchérissant en disant «Quel scandale : ». Les antivols de vélos étant en titane, les policiers eurent du mal à les scier. Couper les cous aurait été plus rapide et plus aisé, mais bien sûr, cela n'était pas envisageable. Moi aussi j'aurais bien aimé les couper en dés, comme pour la daube. Je me sentais déplacé, au milieu de ces gens bornés qui faisaient passer des principes inhumains avant la détresse de gens malheureux, alors que toute personne *dotée d'un cœur et voyant cette malheureuse n'aurait dû ressentir qu'une seule envie : l'aider, la soutenir, la consoler. »*

Il me raconta qu'il était parti en douce, laissant ces fous furieux se débrouiller avec la police.

Pendant toute la journée suivante, il resta à la maison et me parla de religion. Je le retrouvai, l'homme sensible que je connaissais, capable de s'émouvoir du malheur des autres. Mais je sentais aussi la colère qui bouillait en lui lorsqu'il parlait de ces fondamentalistes, et je me demandais lequel des deux côtés l'emporterait.

Il essaya de récapituler tout ce qu'il avait vécu avec sa Simone.

« Tu sais, Lolo, une religion est un instrument de pouvoir. Ceux qui l'on inventée s'en serve pour commander aux autres. Personne ne sait si Dieu existe, mais dans la religion, il faut accepter tout ce qui vient de lui, le remercier pour les cadeaux, et accepter les ennuis qu'il nous envoie en pensant qu'il veut ainsi nous mettre à l'épreuve. Mais en réalité, ce dieu n'existe pas. Ce n'est qu'une marionnette que ceux qui sont au pouvoir agitent dans l'espoir de faire plier les fidèles pour mieux régner sur eux. On leur interdit de manger certains produits, d'allumer la lumière pendant le sabbat, de s'habiller comme ils voudraient : les femmes surtout sont victimes des religions. Certaines ne sont qu'un ventre nécessaire pour la reproduction de l'espèce. D'autres doivent porter des voiles pour cacher leurs appas. Même les catholiques traitent leurs femmes avec irrespect : elles ne peuvent pas

être prêtres, elles n'ont pas droit à la contraception. Elles n'ont pas droit à l'avortement, même pas en cas de viol, sous peine d'être excommuniées. Les catholiques ne peuvent pas divorcer sous peine d'excommunication. Bref, ce qui est autorisé par la loi de la République est interdit par la religion, qui est donc, dans ces cas-là, hors la loi, car nul ne peut interdire ce qui est autorisé par la loi.

Ceux qui croient tant soit peu et qui veulent obéir aux préceptes de l'église se font pourrir la vie. En amour, ils ont droit aux enfants, mais pas au plaisir sans enfant. L'église n'aime donc pas que leurs ouailles aient du plaisir sans le payer par la possibilité d'avoir des enfants.

Et non seulement les fondamentalistes suivent des principes douteux, puisque l'existence de Dieu, qui est, selon la religion, celui qui demande des comptes, n'est pas prouvée, mais encore, ils veulent imposer leurs idées aux autres. S'il existe, on lui obéit, et s'il n'existe pas, c'est le clergé qui fait marcher les gens, en utilisant la religion, pour rien d'autre que son intérêt propre.

Quand j'ai vu cette pauvre malheureuse culpabiliser à cause des reproches qu'elle avait dû entendre, alors qu'en fait, elle avait subi un viol pour lequel elle n'avait aucune responsabilité, j'ai vu rouge. Il me semble qu'il faut donner une bonne leçon à ces sans cœur. Je vais y réfléchir. »

Et nous voilà repartis pour une nouvelle vengeance. »

12   Interrogations

La commissaire venait de lire le nouveau courriel sur lequel elle s'était précipitée dès son arrivée. Cette lecture l'avait quelque peu déçue, car elle n'en savait pas plus après qu'avant.

Le bonhomme semblait s'être calmé au contact de cette catho pure et dure. Pourtant, au point de vue amour physique, il n'avait même pas eu le droit de jouer avec la sonnette. En revanche, l'attitude de cette amoureuse l'amusait, car elle semblait être sortie d'une autre époque, celle des dinosaures. Même si on ne savait rien des amours de la commissaire, on comprenait sans difficulté qu'elle faisait peu de cas des habitudes cathos. Elle-même avait suivi, lorsqu'elle était à l'école primaire, des cours dans un établissement dont la directrice était bonne sœur. Celle-ci ne supportait pas le bruit. Lorsqu'elle entendait des pas dans le couloir, devant son bureau, elle jaillissait comme un diable de sa boîte et punissait le coupable, qui devait conjuguer le verbe *convaincre* à toutes les personnes à tous les temps pour le lendemain. Et si le coupable était professeur, elle l'enguirlandait de la tête aux pieds. Ainsi, on pouvait voir des gens marcher sur la pointe des pieds lorsqu'ils passaient devant le bureau directorial. Ceci vous marque un enfant, même lorsqu'il est de la graine des commissaires. Mais quand ses subordonnées passaient devant la porte de son bureau, ils pouvaient faire autant de bruit qu'ils voulaient.

La commissaire demanda aux membres de son petit groupe ce qu'ils pensaient du dernier courriel, en particulier de la description des interventions des commandos.

Le lieutenant se dit surpris que des gens, au nom de la religion, puissent autant polluer la vie de leurs contemporains, même de ceux qui ne partageaient pas leurs croyances.

Ce qui avait surpris le brigadier, c'est que ce Jojo soit capable d'empathie, et qu'il se serve de la pitié qu'il ressentait pour la candidate à l'I.V.G. pour construire sa colère vis-à-vis des cathos. Cet homme était donc sujet à des émotions extrêmes, incapable de rester calme et de se faire une raison.

Tous se demandaient ce qu'il allait bien pouvoir inventer pour exercer sa vengeance. Sans doute allait-il falloir protéger les églises du quartier, de la Conception jusqu'à la rue Paradis, où se trouvait une église. Il allait falloir, comme d'habitude, déshabiller Pierre pour habiller Paul, en retirant les militaires qui assuraient leur garde devant la Synagogue de la rue Breteuil par exemple. Il était difficile de dépouiller le consulat d'Israël de sa protection, car il faisait partie des bâtiments particulièrement sensibles. Il fallut faire venir des troupes de la Légion étrangère d'Aubagne, le temps que l'on arrête l'affreux Jojo, ce qui ne devrait plus tarder, à présent, surtout s'il faisait la faute de s'en prendre à des églises.

Le lieutenant était d'avis qu'il valait mieux cacher les militaires à l'intérieur des églises, afin d'assurer des souricières. La voie semblant libre, il serait plus facile au suspect de pénétrer dans une église, et il n'y aurait plus qu'à le cueillir.

La commissaire, elle, pensait qu'il valait mieux se servir des militaires comme arme de dissuasion. Voyant la protection assurée par les soldats, le suspect éviterait soigneusement de s'attaquer aux bâtiments. D'ailleurs, la commissaire avait peur, au cas où il pénétrerait dans une des églises, qu'il ne déclenche un bain de sang.

Le brigadier eut alors une idée géniale : « on pourrait aussi mettre un poste de garde devant toutes les églises, sauf une, ou on installerait les soldats à l'intérieur, bien camouflés. On peut raisonnablement espérer qu'il se dirigerait plutôt vers une église sans gardes plutôt que vers une autre avec des soldats armés placés devant. »

Le lieutenant posa alors la question qui fâche : « *Mais comment les soldats pourront-ils reconnaître le suspect ? Nous ne savons pas à quoi il ressemble. Nous avons bien quelques photos indistinctes sur lesquelles il porte une barbe de djihadiste. Et si sa barbe est fausse, et qu'il ne la mette pas le jour où il intervient, nous n'aurons aucun moyen de le reconnaître.*

— Il n'y a plus tellement de participants dans les messes, de nos jours, et de plus, il y a surtout des femmes. S'il y a une douzaine de fidèles, cela nous ramène à deux ou trois hommes. Et encore, nous savons qu'il a pris sa retraite il y a deux ans environ. Les hommes trop jeunes, ou les octogénaires et plus n'entrent donc pas en ligne de compte. C'est pour cela qu'il faudra bien observer les hommes de sa tranche d'âge. Mais votre idée n'est pas mauvaise, brigadier. Le tout est de bien choisir la souricière. Il faut qu'elle soit proche de son domicile, pour que l'on soit sûr qu'il passe souvent devant, assez pour qu'il se rende compte qu'elle n'est jamais surveillée.

— *L'église des Dominicains, qui est à l'angle Edmond-Rostand / Sainte-Victoire présente toutes ces caractéristiques.*

— *Alors, c'est là que nous placerons notre souricière. Et qu'est-ce que je réponds à Lolo ?*

— *Expliquez-lui que nous craignons le bain de sang, et que nous allons surveiller toutes les églises, sauf celle des Dominicains, qui veulent assurer leur surveillance eux-mêmes. Et insistez en disant que, pour éviter le bain de sang, il faut qu'il nous avertisse dès qu'il aura des informations que nous serions en mesure d'exploiter. Et rappelez-lui que plus vite il nous dira le nom et l'adresse de l'individu, et plus vite nous pourrons éviter les mauvaises surprises qu'il nous réserve.*

— *Au fait, dit le brigadier qui était en forme, ce jour-là, est-ce que l'on ne devrait pas aller consulter les vidéos de surveillance de l'hôpital de La Conception, puisqu'il y est allé ?*

— *J'ai déjà téléphoné au service I.V.G. de La Conception. Malheureusement, leur système ne marche plus depuis longtemps, et le budget serré de l'hôpital ne permet pas de le faire réparer. On m'a fait comprendre que la vidéo n'était pas une priorité.*

— *Alors, on n'est pas plus avancés. Espérons que l'affreux Jojo se manifestera bientôt, ou que son ami comprenne qu'on ne peut pas laisser un tel individu se promener seul dans la nature.*

—*Allez-y. Je vous fais confiance. »*

13 Le retour de l'affreux

La commissaire vient de recevoir le dernier courriel de Lolo. Les nouvelles ne sont pas bonnes, car son correspondant lui annonce le retour de Jojo le vengeur. Cette fois, il a pris le parti des pauvres filles contre les fondamentalistes de SOS-Tout-Petiots. Il s'est demandé un bon moment à quoi devait ressembler cette vengeance. Plusieurs solutions s'offraient à lui : soit intervenir au siège de l'association. Soit les toucher à l'église, lors d'une cérémonie en l'honneur des associations anti-I.V.G., soit à la messe, ou encore lors de l'une de leurs interventions anti-I.V.G., au Planning familial, plus tranquille, ou au centre anti-I.V.G., ce qui risquait d'être plus sportif. Il faudrait qu'il y aille armé, car ces fondamentalistes étaient plutôt virulents et risquaient de se jeter sur lui. Il avait le choix entre trois armes : un revolver, une grenade et une kalachnikov. La grenade était la sœur de celle qu'il avait lancée dans la cour d'école, et qui lui avait fait faux bond en faisant plus de bruit que d'effet. Le revolver avait l'avantage de pouvoir se camoufler facilement, mais sa puissance de feu était minime. Contre plusieurs adversaires, il était risqué de s'en servir. La kalachnikov, elle, était l'arme idéale, d'abord parce qu'elle avait un pouvoir dissuasif, une rafale pouvant tuer plusieurs adversaires d'un coup. Mais le hic, c'était qu'une mitraillette était difficile à camoufler, à part peut-être dans un étui à violon, comme dans Lucky Luke.

Le succès de son opération dépendait de plusieurs facteurs. Comme il voulait toucher le groupe anti-I.V.G. en entier, il fallait qu'il puisse les retrouver tous ensemble. Au siège de leur mouvement, les gens étaient rarement ensemble. Ceux qui tenaient un téléphone de conseiller se succédaient, pour couvrir le plus d'heures possible. Les autres venaient quand ils avaient le temps, vu qu'ils étaient pour la plupart des bénévoles. Si on voulait voir le groupe de choc au complet, il fallait le rencontrer lors d'une action commando. Mais comment transporter une kalachnikov dans un étui à violon sans que les gens se posent des questions ? Voilà maintenant que les I.V.G. ont lieu avec accompagnement de violon ? Ou est-ce plutôt l'action commando qui est accompagnée par la musique ? L'étui à violon est donc inapproprié.

Et puis pourquoi s'armer ? Quand on veut venger de pauvres filles enceintes agressées, culpabilisées par ces groupes virulents, faut-il tuer quelqu'un, ou bien peut-on se contenter de leur faire peur ? On pourrait aussi se contenter de parler avec eux, d'argumenter ! Mais ces gens sont bornés, il faut obéir à Dieu, même s'il n'existe pas, même si ce n'est pas lui qui a édicté ces fameuses lois, mais le clergé lui-même, ce qui ne lui donne aucun droit particulier.

En fait, il voulait, comme il disait leur mettre le nez dans leur caca. S'ils acceptaient de reconnaître leurs torts, tout irait bien, sinon, il allait sûrement se mettre en colère. Il devrait se contenter de leur faire peur, et il espérait pouvoir se contrôler. Il valait mieux qu'il prenne le revolver, et même qu'il enlève le chargeur, pour éviter les accidents.

Récapitulons. Il va falloir suivre le groupe dans une de ses interventions. Quand les gens s'en prendraient à une pauvre fille, il interviendrait pour leur faire honte, et, si besoin était, leur faire peur. En tout cas, il fallait absolument donner une leçon à ces gens-là.

Et comme je lui demandais ce que penserait Simone de son intervention, il m'a répondu qu'il s'en fichait un peu. Il ne tenait plus à son amitié, depuis qu'il avait vu quelle catégorie de gens elle fréquentait.

14 Jojo se distingue encore

La commissaire s'étonna de recevoir si tôt un autre courriel. Elle fit venir le lieutenant et le Brigadier et leur lut le message à haute voix.

« Madame, monsieur

Je vous écris déjà, car Jojo est passé à l'action.
Vous savez que les méthodes qu'employaient les groupes anti-I.V.G. l'avaient ulcéré et qu'il avait voulu leur donner une bonne leçon. Ainsi, Jojo est devenu une sorte de Zorro vengeur, sauf qu'il ne met pas de masque, mais une barbe de djihadiste. Et de plus, Zorro est foncièrement bon, alors que Jojo est devenu sadique : il aime voir souffrir celui qu'il menace de son arme. Ce n'est donc pas à proprement parler un redresseur de torts, mais un vengeur sadique.
D'ailleurs, les candidates à l'I.V.G. qu'il veut venger ne demandent que du respect et une protection contre ceux qui leur veulent du mal.
D'autre part, les fondamentalistes ne veulent pas le bien de cette même candidate. Ils veulent qu'elle se soumette et suive leurs préceptes. Et pour cela, ils sont prêts à l'humilier et à la culpabiliser au profit de leur doctrine douteuse, qui ne respecte pas les lois de la République.
Lorsque deux groupes dogmatiques se rencontrent, le pire est à attendre.
Ce matin Jojo a rejoint le groupe de SOS-Petiots pour l'accompagner dans une action commando, cette fois-ci au centre I.V.G. de la Clinique mutualiste de Bonneveine. Ils ne s'étaient plus vus depuis l'épisode de La Conception.

Lors de l'épisode de La Conception, s'étonnant de ce que Jojo avait disparu, Simone lui avait téléphoné le soir même pour avoir de ses nouvelles. Il lui avait raconté qu'il avait été emmené par la police et qu'il avait dû s'expliquer. Bien sûr, il n'avait rien avoué, et fait croire que, devant la police, il avait fait celui qui n'était pas au courant.

Comme il n'avait pas encore eu le temps de s'enchaîner, les policiers n'avaient en fin de compte rien contre lui, si bien qu'ils l'avaient relâché.

Elle lui avait raconté qu'elle avait été elle aussi arrêtée. Elle n'avait pu sortir qu'en payant une amende de 500 euros, payable immédiatement.

Elle en avait profité pour lui révéler les date, heure et lieu de l'intervention, à la Clinique de Bonneveine. Elle lui avait conseillé de prévoir un moyen de paiement, chèque ou liquide, pour pouvoir payer une possible amende.

Ils avaient ensuite échangé quelques paroles à voix basse, que je n'avais pas pu entendre, sans doute des promesses d'amoureux, puisqu'ils étaient censés avoir des sentiments réciproques.

Vers 14 heures, il est revenu, très excité. Il s'est versé un Cognac bien de chez nous, l'a bu par petites gorgées, et s'est mis à me raconter son épopée.

« J'ai rencontré le groupe à dix heures sur le parking de la clinique Bonneveine. Il y avait Irma la pas si douce, François-Xavier le vrai catho facho, et trois femmes que je ne connaissais pas. L'une d'entre elles aurait pu faire du rugby, avec ses larges épaules. Elle faisait plutôt hommasse, et on l'aurait rangée facilement parmi les lesbiennes si l'homosexualité n'était pas interdite par

l'église. Une autre était une jolie fille, avec un vrai visage de Madone de Raphaël, comme quoi une grenouille de bénitier peut être jolie. Quant à la troisième, elle se tenait voutée, les mains en position de prière, un visage en lame de couteau, et sa triste silhouette évoquait une mante religieuse. En tout cas, tout le groupe était composé de punaises de sacristie, assidues à la messe, et farouches opposantes à l'I.V.G.

après les salutations et bisous d'usages, échangés plus par habitude que par affection, du bout des lèvres, le regard dans le vide, le petit groupe s'ébranla, sous la direction de François-Xavier, car dans la religion catholique, c'est l'homme qui commande.

Les anti-I.V.G. avaient l'air de bien connaître les lieux. Soit que des employés hostiles à l'I.V.G. ou arrosés financièrement les aient renseignés, soit qu'ils aient fait partie des habitués, non pas en tant que patients, mais plutôt comme empêcheurs d'avorter en rond.

Après un dernier tournant, ils arrivèrent devant la salle d'opération. Une jeune femme, couchée sur un lit d'hôpital, attendait qu'on vienne la chercher. Un des membres du groupe lança un cri de victoire : une victime s'offrait, désarmée, à eux tous. La madone de Raphaël lança les hostilités d'une vois fielleuse, peu en rapport avec son visage angélique : « Alors, tu veux te faire avorter ?

— Ben, oui. Mon copain ne veut pas d'enfant.

— Alors, pour garder le copain, tu veux assassiner l'enfant ?

— *Ce n'est pas un enfant. Le docteur m'a assuré que jusqu'à la huitième semaine, c'était tout simplement un embryon et qu'on allait l'aspirer.*

— *Regarde un peu cette photo de fœtus. Tu le vois, avec sa petite main, qui met son pouce dans sa bouche, tu ne vois pas que c'est un bébé en miniature ?* »

La jeune femme, visiblement choquée, détourna les yeux de cette photo accusatrice et ne répondit pas.

La madone, voyant que sa photo n'émouvait pas assez son interlocutrice, changea de tactique :

« Mais tu es une vraie salope ! éructa-t-elle, tandis que tout le groupe opinait du bonnet en signe d'assentiment. Non seulement tu couches sans être mariée, mais encore, tu es enceinte et tu fais passer ton bébé pour arranger le père ! Mais c'est un crime de confort ! Et quand on aura aspiré ton enfant, est-ce que tu t'es demandé un instant ce que l'on allait faire du corps ? »

Son visage était maintenant empli de haine, bien loin de l'enseignement de son patron, Jésus-Christ, qui prêchait le pardon.

« Allez, lève-toi ! » Et joignant le geste à la parole, elle se saisit du drap du lit pour l'arracher.

La jeune femme, s'accrochant au coin opposé, se mit curieusement dans la position du fœtus pour se protéger de l'attaque.

Je commençai à en avoir assez de cette donzelle qui crachait son venin sans aucune retenue. Il fallait intervenir, car la patiente manquait de ressort et allait se laisser démantibuler par la madone.

Jojo avait alors donné de la voix : « Tu vas lui foutre la paix, à cette pauvre fille ? Elle a le droit de vivre comme elle veut. L'I.V.G. est autorisée par la loi. La preuve : elle est remboursée par la sécu, alors... »

La madone était soufflée par mes paroles. Elle ne s'attendait pas à cela de ma part. La bouche ouverte, elle rappelait plus le poisson rouge que la grenouille. Mais elle était combative, et ne se laissait pas abattre si facilement.

« Mais qu'est-ce qui te prend ? Tu n'es plus contre l'avortement ?

— Je ne l'ai jamais été. Je respecte les lois de la République, et je suis pour qu'on laisse vivre les gens comme ils l'entendent, du moment qu'ils respectent ces lois.

— Et tu es pour ce crime ?

— Ce n'est pas un crime, puisque le fœtus n'a pas de statut juridique. On en reparlera si, un jour, il en obtient un, qui entrainerait la fin de l'avortement légal.

— Et les commandements de Dieu ?

— Ce sont des inventions de ton clergé, pour te mener par le bout du nez. Pour moi, Dieu n'existe pas, et il ne peut donc pas interdire quoi que ce soit à quiconque. »

Voyant qu'elle n'obtiendrait rien par l'argumentation, ne voilà-t-il pas qu'elle me saisit par le bras gauche et se mit à le secouer comme s'il y avait des fruits à faire tomber. Déjà, la rugbywoman s'approchait pour lui prêter main-forte, suivie de François-Xavier.

La moutarde me monta au nez, et avant de succomber sous le nombre, je tirai mon revolver. Il n'était pas chargé, puisque j'avais laissé le chargeur à la maison, pour ne pas me laisser emporter par mes sentiments, car j'avais remarqué que, depuis quelque temps, je me laissais trop facilement emporter par ma colère, qui virait facilement à la haine aveugle.

Lorsqu'ils virent mon revolver et mon air farouche, ils firent tous un pas en arrière, sauf François-Xavier, qui tendit le bras vers moi pour m'arracher le pistolet des mains. Je ne sais pas pourquoi, je l'ai visé à la tête et j'ai appuyé sur la détente, simplement pour lui faire peur. Le coup partit tout de suite, et la balle lui fit éclater la tête comme une cougourde à la fête foraine.

Tous les témoins de la scène le regardèrent s'écrouler, incrédules. C'est moi qui avais l'air le plus crétin, persuadé que j'étais que le revolver était déchargé. Selon toute apparence, j'avais oublié d'enlever la balle qui se trouvait encore dans le canon.

Alertés par la détonation, des gens sortaient des portes les plus proches. Si je ne voulais pas être pris par la foule des gens qui accouraient, d'autant plus que j'étais maintenant désarmé, mon revolver étant vide, je devais me diriger à reculons vers la sortie. Mon arme faisait encore illusion, car les gens craignaient de prendre un pruneau. Après tout, le revolver avait démontré son efficacité en envoyant ce pauvre François-Xavier devant son créateur, ou dans le néant. En outre, personne ne savait que je n'avais plus de cartouches.

Une fois arrivé dehors, je pris mes jambes à mon cou, montai dans mon véhicule qui était garé en retrait, et je démarrai, quittant le parking à grande vitesse. Il ne me restait plus qu'à espérer que personne n'avait eu l'occasion de noter mon numéro, sinon, j'étais foutu. Je rentrai vite à la maison, après avoir garé ma voiture dans une rue *voisine de chez moi. Et me voici de retour, avec un crime sur les bras. »*

Il avait l'air beaucoup moins excité qu'après la pendaison du cafetier. Il pensait que c'était plutôt un accident qu'un assassinat, car il croyait son revolver désarmé. Il ne se doutait pas qu'une balle était restée dans le canon. Mais allez expliquer cela à un policier. Il y a peu de chance qu'il accepte cette version. Croyez-le. C'était vraiment un accident.

Dites-moi ce que je peux faire pour que sa punition ne soit pas trop sévère. Si vous arrivez à m'en convaincre, je vous dirai son nom et son adresse. À moins que vous ne trouviez par vous-mêmes.

Cordialement
Lulu Le Birman

15 Branle-bas au commissariat

La commissaire, d'ordinaire calme et réfléchie commençait à être sérieusement énervée par ce Jojo. Si elle faisait le décompte de ce qu'on pouvait mettre sur son compte, c'était un meurtre déguisé en suicide sur la personne du cafetier, une tentative de meurtre prémédité sur des enfants heureusement sans grand dégât pour des raisons techniques, et voilà maintenant qu'il trucidait, prétendument par accident, un jeune homme. Accident, c'était vite dit. Il n'était pas obligé de porter un revolver, et même s'il avait enlevé le chargeur, il avait bel et bien laissé une balle dans le canon. Il n'était pas obligé de sortir cette arme, de viser la victime, ni d'appuyer sur la détente. C'est cette chaîne d'événement qui avait eu pour conséquence la mort d'un jeune homme. Il aurait suffi qu'il prenne ne serait-ce qu'une fois la bonne décision, et ce drame aurait pu être évité. Autrement dit, selon la commissaire, ce n'était pas un accident, mais un concours de circonstances qu'il avait lui-même initié, l'une après l'autre. C'était trop facile, alors que l'on n'a pas pris les bonnes décisions au bon moment, de considérer cela comme un coup du sort.
Ses deux acolytes, qui l'avaient rejointe rapidement, après avoir appris l'arrivée d'un nouveau courriel, se déclarèrent du même avis qu'elle.
Une chose était sûre : c'était la première fois qu'ils entendaient parler d'un meurtre par la bande, sans en avoir été informé par le canal officiel.
La clinique de Bonneveine n'était pas sur leur territoire. Elle dépendait du commissariat du huitième. La commissaire

99

décrocha son téléphone pour appeler son homologue de Marseille huit. Elle s'enquit de savoir ce qu'il savait sur l'incident de la clinique de Bonneveine, qui avait entrainé la mort du jeune homme, et il lui apprit en fait ce qu'elle savait déjà. Le seul nouvel élément, c'était qu'un témoin l'avait vu sur le parking alors qu'il fuyait, monter dans une Clio le plus vite possible. Le témoin avait reconnu le modèle parce qu'il conduisait le même. Mais il ne parvenait pas, après coup, à se rappeler la couleur du véhicule : rouge, bleu ou même vert. Et comme il était le seul témoin, il n'y avait aucun moyen de savoir. Et, naturellement, il n'avait pas pu noter le numéro de la voiture. En revanche, le commissaire du huitième put apprendre des détails inconnus de la bouche de sa collègue. Elle lui enverrait une copie des courriels qui décrivaient avec tant de détails les tenants et les aboutissants des événements, les secrets du criminel. En fait, on savait tout sur cet homme, sauf son adresse et son nom, grâce à son compagnon dont on ne savait pratiquement rien.

Il y avait encore un problème à régler, celui de la compétence. Le crime avait eu lieu dans le huitième, mais le criminel avait sévi plusieurs fois dans le sixième, et c'est là qu'il habitait. Les deux commissaires devaient travailler ensemble, mais la responsabilité incombait avant tout au sixième. D'ailleurs, c'est lui qui allait avoir à coincer le criminel.

Après le coup de téléphone, le petit groupe se mit au travail pour exploiter le nouveau courriel et trouver une solution pour coincer l'affreux Jojo.

Le lieutenant avait obtenu de la clinique de Bonneveine des images enregistrées par la vidéosurveillance.

Contrairement à la Conception, Bonneveine assurait la maintenance de son système. Les caméras devant la salle d'I.V.G. ne montraient le suspect que de dos. Celui-ci étant sorti à reculons, pour continuer à se protéger de ceux qui voulaient se saisir de lui. En revanche, une fois arrivé dans le couloir, il s'était retourné pour fuir le plus vite possible jusqu'à son véhicule. Les images montraient alors son visage.

L'enthousiasme de la commissaire, satisfaite d'avoir enfin des images de celui qu'elle traquait, fut douché par la constatation que, sur les images, il n'était pas chauve : il s'était mis sur la tête la fameuse perruque grisonnante, ce qui changeait du tout au tout sa physionomie.

Il fallait donc trouver une solution. « *Demandez donc au spécialiste des portraits-robots du commissariat du troisième, qui est un véritable artiste, de vous faire à partir des images dont nous disposons, un portrait-robot sans barbe et sans perruque.*

Nous ferons ensuite une campagne de recherche dans la presse et la télévision, pour que toute personne qui le reconnaîtrait puisse nous donner des renseignements sur lui. Mais lorsque vous aurez ce portrait-robot, avertissez-moi pour que je puisse demander l'autorisation du préfet avant de lancer l'alerte.

— D'accord, patron, et comment s'appelle cet artiste, pour que je puisse le demander au téléphone ?

— Il a un nom prédestiné : Eugène Delacroix.

— Comme le peintre, l'auteur de « la liberté guidant le peuple » ?

— Exactement. Et donnez-lui le bonjour de ma part.

— Je n'y manquerai pas. A plus tard, patron.

— *Au revoir, lieutenant. A bientôt.* »
Elle chargea le brigadier d'une autre mission :
« Nous savons que le suspect conduit une Clio. Allez donc voir un peu dans le parking qui possède une Clio. Mais attention, il faudra y aller plusieurs fois, car ce n'est pas parce qu'une place est vide qu'elle le restera jusqu'au matin.
— Bien sûr patron. Je traquerai les Clio et je vous ferai une liste, avec le nom et l'adresse du propriétaire. Et nous pourrons aller perquisitionner son appartement.
— Doucement, ce n'est pas si simple.
— Mais nous sommes en état d'urgence !
— Certes, mais il me faut d'abord l'accord du préfet. Apportez-moi la liste, dès que vous l'aurez, et je téléphonerai à la préfecture pour avoir le feu vert.
— D'accord, patron, j'y vais de ce pas. »
En fin d'après-midi, il était de retour avec sa liste. Il y avait quatre Clio, dont trois appartenant à des femmes. La quatrième était la propriété d'un jeune homme. Les autres voitures étaient des Peugeot, une BMW, une Mercédès, deux Audi, quelques autres Renault et trois Citroën.
« Le témoin a pu se tromper. Beaucoup de gens ne sont pas observateurs, d'autres oublient les détails avec le temps, d'autres enfin s'imaginent des choses qu'ils n'ont pas vraiment vues, fit remarquer la commissaire. J'en ai connu un qui avait vu un scooter vert, alors que pour un autre témoin, il était rouge. Tous deux étaient de bonne foi. Et en fait, lorsque l'on a retrouvé le scooter en arrêtant le voleur, il était jaune.

— Ou alors, suggéra le brigadier, il a loué une voiture pour faire son coup. Nous pourrions nous renseigner auprès des loueurs de voitures, à qui ils ont loué une Clio.

— Alors, vous aurez du pain sur la planche, car il peut avoir loué sa voiture à Aix, Martigues, Cassis, La Ciotat ou ailleurs. Et lorsque vous aurez la liste de tous les gens qui ont loué une Clio hier ou avant-hier, qu'en ferez-vous ? En admettant que vous l'ayez, car, après tout, il pourrait aussi l'avoir louée à Lyon, Montpellier, Avignon, Toulouse ou même Bordeaux. Vous voyez un peu le boulot pour appeler tous les loueurs de France et de Navarre et constituer une telle liste, et ensuite, pour l'exploiter. J'ai bien peur que nous soyons tous retraités, ou peut-être même morts de vieillesse, avant que vous n'ayez tout exploité.

— En revanche, quand nous aurons son portrait-robot, nous pourrons demander qui reconnaît cet homme ou qui l'a vu au volant d'une Clio.

— Vous avez tout à fait raison. Alors, attendons le portrait-robot du lieutenant. Nous en reparlerons demain matin à huit heures.

— D'accord, à demain, patron.

— A demain, brigadier. »

Le soir même, le portrait-robot était prêt. L'artiste s'était servi des photos, et avait rendu visite à deux des témoins pour se faire préciser quelques points, dont la forme de la bouche et celle du menton. On verrait à l'usage s'il était ressemblant.

Interrogé, le préfet dit qu'il faudrait attendre lundi pour débuter la campagne. Dimanche avaient lieu les élections régionales, et le préfet pensait que le rappel des faits, et la vision par de nombreuses personnes de la tête du coupable, qui se trouvait encore en liberté, pouvaient gêner la tenue des élections ou amener les votants à choisir les partis sécuritaires bien connus, dont le Front national. En attendant le lundi, on s'éviterait toutes sortes d'ennuis. Bien sûr, cela n'interdisait pas à la police de le rechercher. Si, en revanche, il était découvert juste avant les élections, alors, on pourrait en parler.

La commissaire était d'un autre avis. Elle pensait que plus vite on arrêterait le coupable, et mieux on s'en porterait, car qui pourrait jurer qu'il ne ferait rien de grave avant dimanche. On était mercredi, et cela lui laissait le temps de préparer autre chose, peut-être une horreur bien sanglante. Selon Lolo, il lui restait une grenade qui, peut-être, fonctionnait mieux que celle de l'école. Et puis, il y avait encore sa kalachnikov, qui, selon les spécialistes, pouvait tirer 600 coups par minute. Son chargeur contenant vingt cartouches, on pouvait faire autant de morts, en deux secondes, excusez du peu. De plus, on pouvait changer de chargeur en quelques secondes, ce qui permettait de retirer très vite. Et que ferait alors le préfet en cas d'attentat, si celui-ci avait lieu le samedi ou le dimanche matin, avant ou pendant le vote ?

Enfin, selon l'expression bien connue de ceux qui ne veulent pas intervenir, par peur ou par simple paresse, « on verrait bien », sauf que parfois, il vaut mieux qu'il n'y ait rien à voir, et c'est pour éviter une déconvenue qu'il faut intervenir pour résoudre le problème. Mais allez dire cela à un préfet, ou à des politiques qui ont tendance à penser que tout peut s'arranger tout seul, et qu'il est urgent d'attendre.

16 La croisade de Jojo

« Madame, monsieur.
Nous voilà vendredi soir, et vous n'avez toujours pas
trouvé Jojo. Depuis le début de sa cavale après le meurtre
de François-Xavier, Jojo s'est montré très nerveux.
L'après-midi, il s'était disputé avec un conducteur de
scooter qui lui avait fait une queue de poisson sur la
corniche, un Nord-Africain qui l'avait insulté en détaillant ce
qu'il allait faire à sa mère, décédée dix ans plus tôt, et à sa
sœur, alors qu'il avait trois frères. Il n'aurait donc pas dû se
sentir visé. Pourtant, il l'avait rattrapé au feu rouge suivant
pour le traiter de noms d'oiseaux.
Le feu vert avait libéré les véhicules et les têtes, car à
Marseille, plus on est en tort, plus on insulte celui à qui on
a fait des misères, mais la tête se vide tout à coup pour que
l'on puisse très vite insulter le suivant. Les descendants de
Marius, Fanny et César ne sont plus ce que leurs parents
étaient.
Ce soir, Jojo recevait son ami Gilou, qu'il connaissait
depuis la petite section de la maternelle, et avec lequel il
passait la soirée chaque premier vendredi du mois.
Gilou aurait été un homme fréquentable s'il n'avait pas été
xénophobe jusqu'à la moelle. Les Italiens, c'étaient des
macaronis, les Allemands, des bouffeurs de choucroute,
les Anglais, des rosbifs, les Espagnols, des mangeurs de
chorizo pourri, les Grecs, tous des homos, bref, tous ceux
qui n'étaient pas des Français avaient une tare. Mais
attention, seuls les Français de souche, les vrais
descendants des Gaulois, trouvaient grâce à ses yeux.

Lorsque Jojo lui eut raconté son différend avec le Maghrébin, Gilou lui révéla un secret qu'il lui avait réservé : il savait où des femmes en burqa se baignaient, avec leur homme et leurs enfants : « Je te jure, Il y a au moins six femmes et six hommes qui viennent se baigner tous les samedis. Les bonnes femmes s'habillent en burkini, alors que les hommes sont en maillot, bien à l'aise.

— Et à quoi ils ressemblent, ces burkinis ?

— Il y en a sur Amazon. Pour 31,79 euros, tu as une couverture complète de qualité supérieure, et ta bonne femme est couverte de la tête aux chevilles. On ne voit que le visage, les mains et les pieds.

— Pourtant, un pied, ça peut être coquin. Après tout, on peut prendre son pied !

— Oui, mais pour 24,49 euros, on a une version sportive, moulante comme une combinaison de plongée, et la tête et les cheveux sont exposés à la concupiscence des hommes. Et en plus, il y a des burkinis unisexes, pour que madame et monsieur soient en « partner look ».

— Ce qui me choque, là-dedans, précisa Jojo, c'est que les bonshommes se mettent en maillot, pour ne pas avoir trop chaud, alors qu'ils obligent leurs bonnes femmes à se déplacer dehors emmitouflées comme en plein hiver. Elles cachent tout, dans un pays ou on s'habille légèrement. Ils leur font croire que c'est dans le coran, et ça marche. Chez eux, les femmes c'est seulement des ventres pour faire des gosses.

— Et des bas ventres pour le repos du guerrier.

— Oui. Il faudrait donner un grand coup de balai dans tout ça. Quand on vit dans un pays démocratique comme le nôtre, les nouveaux venus doivent respecter nos lois et nos coutumes.

— Exactement, on pourrait aller remettre de l'ordre. Il faudrait une mitraillette. Une bonne rafale, et ça ferait réfléchir les autres.

— Ça, ce n'est pas difficile : j'en ai une !

— Où donc ?

— Mais, ici. Je vais te la montrer. »

Et il se leva pour aller chercher la kalachnikov, pas mécontent d'en mettre plein la vue à son copain Gilou.

Lorsqu'il revint avec l'arme, il eut la joie de voir la tête que faisait Gilou, dont les yeux sortaient des orbites, au point qu'on avait l'impression qu'ils allaient sauter sur la table.

« Oui. Avec ça, on doit pouvoir faire du bon boulot. On va leur flanquer la frousse de leur vie.

— D'accord, mais comment faire pour que les autres de la même sorte aient peur, eux aussi ?

— Tu as raison. Si on les menace ou si on tire en l'air, ils auront tout au plus la chiasse, et quand elle sera passée, ils recommenceront.

— En fait, il faudrait tous les descendre, expliqua Jojo, qui avait pris goût à tuer ses contemporains.

— Mais il ne faut pas se faire attraper. Sinon, on en a pour trente ans de prison.

— Et où est donc cette plage ?

— C'est une petite plage située sur l'île des Embiez.

— Près de Sanary ?

— C'est ça. On prend la navette au Brusc, juste en face de l'île, et dix minutes plus tard, on est arrivés. On peut regarder sur Google Maps.

— Bon, je sors l'ordinateur. »

Cinq minutes plus tard, ils pouvaient contempler l'Île des Embiez.

« Tu vois, au Sud, il y a une toute petite plage. On y descend par ce sentier, et on a une crique pour quelques familles.

— Mais il doit y avoir d'autres baigneurs.

— Pas en septembre. Et puis, tu peux me faire confiance, quand la horde arrive, les gens s'en vont. Et s'il en reste quelques-uns, les hommes se chargent de les faire partir en les intimidant, par exemple en jouant du couteau devant eux.

Et si cela ne suffit pas, ils leur parlent en leur demandant d'aller se faire voir ailleurs, tout cela, pour que leurs mousmées puissent se baigner tranquillement en burkini.

— À ce point ?

— C'est ce qui s'était passé en Corse l'année dernière, à Sisco. Ça avait entrainé une bagarre entre les habitants du village qui voulaient profiter de la plage, et les baigneurs, qui voulaient la leur interdire. Une centaine de CRS et de gendarmes avaient dû intervenir. Cinq personnes avaient été envoyées à l'hôpital, et trois voitures avaient été incendiées.

— Ah oui ! Je m'en souviens vaguement. Non, vraiment, on ne peut pas accepter cela chez nous. Il faut faire des sommations, et s'ils ne remballent pas leurs bonnes femmes, on les dégomme. D'abord les hommes, et les femmes après. »

Voilà maintenant qu'ils se prenaient pour de fins stratèges, alors qu'ils ne faisaient que préparer un crime de masse destiné à anéantir une population, une sorte de génocide à la kalachnikov, au lieu du Zyklon B des nazis.

« On se cacherait dans l'un des buissons, là, et on les avertirait avec un mégaphone. S'ils ne réagissent pas, on tire en l'air et on fait une deuxième sommation. Et s'il n'y a pas de réaction, on commence à les descendre un par un.

— Ce n'est pas si commode de tuer les gens individuellement avec une mitraillette. Si je lance une rafale d'une seconde, cela fait une dizaine de balles. Je ne peux les descendre que par groupes.

— Et tu as combien de cartouches ?

— Il y en a vingt par chargeur. Avec deux chargeurs, on devrait en avoir assez. On en prendra trois, et on sera tranquilles.

— Et comment va-t-on transporter la kalach ?

— Elle est démontable. On va la ranger dans un grand sac à dos, entourée de chemises et de pantalons, et on aura l'air de touristes.

— Et tu ne crois pas qu'il va arriver quelqu'un, si on tire ?

— À cette période, il n'y a pas grand monde, surtout dans ce coin, à cause des bacs du centre de recherches voisin, qui puent et qui repoussent les visiteurs. Et puis, la chose sera réglée en deux rafales. Ça dure deux secondes

— Et s'il y a des survivants ?

— Il faut qu'ils aillent au centre de l'île pour aller chercher de l'aide. Et l'île est privée et n'a pas de gendarmes. Ils ont juste une voiture de pompiers. Le temps qu'ils interviennent, nous serons partis.

— Et s'ils bloquent l'embarquement au port, ou le débarquement au Brusc ?

— Nous pouvons aussi traverser le détroit à pied jusqu'au Grand Baou, et de la, rejoindre notre voiture. On a de l'eau jusqu'à mi-cuisse. C'est l'affaire d'un petit quart d'heure.

Jojo décida de prendre aussi la grenade, même s'il avait des doutes sur son fonctionnement. Comme épouvantail, cela devrait faire l'affaire. Gilou, lui, apporterait son mégaphone Vexus 60 watts avec sirène, celui dont il se servait dans les manifs d'extrême droite.
Et ils passèrent le reste de la soirée à démonter et à ranger la kalachnikov dans un sac, avant de vider consciencieusement la bouteille de Vaqueyras qu'avait apportée Gilou.

Le lendemain, ils sont partis de bonne heure avec armes et bagage et je ne les ai revus que le soir, vers 17 heures. Je compris tout de suite que les choses n'avaient pas dû se passer comme ils l'avaient prévu. D'ailleurs, Gilou ne resta pas longtemps. Il rentra tôt chez lui.

Jojo, lui, se versa une bonne rasade de son meilleur cognac, et se mit à me faire des confidences, sans doute pour mettre de l'ordre dans ses idées.

« *Tu vois, Lolo, on est arrivés très tôt, vers huit heures, à la navette au Brusc. La traversée s'est bien passée. Nous avons débarqué et nous sommes allés plein sud directement jusqu'à la plage. Nous avons choisi un gros buisson pour nous cacher. Comme il surplombait la plage, nous avions vue sur toute la crique.*
Couchés sur le ventre, nous avons attendu. À dix heures trente, il ne s'était toujours rien passé. La plage était tout le temps restée vide, sans doute parce que le temps était encore un peu frais. Les éventuels baigneurs ne viennent que vers onze heures, lorsque l'air a eu le temps de se

réchauffer suffisamment. La horde arriva à l'heure prévue : quatre femmes en burqa, trois hommes en short et en teeshirt, et cinq petits enfants, les plus petits avec un seau et une pelle, les plus grands avec un ballon de plage. Ils s'assirent tous sur la plage. Les femmes allèrent dans un coin retire leur burka et revinrent en burkini. On voyait assez peu la différence, sauf que le burkini laissait le visage, les mains et les pieds visibles. Il était très difficile de se faire, de loin, une idée sur l'âge ou l'embonpoint de ces femmes. Elles ressemblaient à des paquets cadeaux, mais alors, plutôt à des paquets-surprises, car il fallait ouvrir l'emballage pour pouvoir juger du cadeau.

Ces femmes auraient sûrement été plus à l'aise dans un maillot de bain, sans aller jusqu'au bikini ou au monokini. Mais ces messieurs voulaient garder la primeur de les voir habillées légèrement. C'est alors que se produisit un incident. L'un des hommes nous a aperçus dans le buisson. Il a pensé sans doute que nous étions des voyeurs, ou peut-être même des paparazzis. Alors, il a tiré de sa ceinture un poignard commando, bien pointu et pourvu d'une lame à double tranchant. Il nous a désignés en alertant les deux autres hommes. L'un deux tira un pistolet de sa poche, un vieux colt fabriqué pour la guerre de Sécession. Le troisième nous fit voir un coup-de-poing américain, moins dangereux, mais sûrement efficace.

Nous n'avions que deux solutions : faire face, ou fuir. S'il n'y avait pas eu l'homme au pistolet, nous aurions fui, mais nous aurions alors risqué de nous prendre une balle dans le dos. Faire face était plus facile, puisque nous avions une kalachnikov. Je fis une brève prière au saint responsable des pistolets mitrailleurs, dont j'ignorais malheureusement le nom, pour que la kalachnikov veuille bien marcher, mieux en tout cas que la grenade de l'école. J'avais d'ailleurs un plan B : sortir la sœur de la grenade, que j'avais dans la poche.

Je me décidai pour le plan B, en me promettant de me servir de ma mitraillette si la grenade me faisait faux bond. Je jetai un coup d'œil sur Gilou, liquéfié sur place à la vue des armes des adversaires. Ceux-ci avaient déjà traversé les deux tiers de la plage dans notre direction. Ils ignoraient notre puissance de feu. J'envoyai une rafale de mitraillette en l'air, pour qu'ils comprennent à qui ils avaient affaire. Mais au lieu de se calmer et de faire demi-tour, ils se mirent à courir dans notre direction. Ils avaient sans doute fait leur service militaire dans les commandos de marine et le bruit des tirs les excitait, au lieu de les calmer. Alors, je dégoupillai la grenade que je balançai dans leur direction. Celle-ci toucha la plage juste un peu devant eux, et c'est alors qu'une puissante déflagration eut lieu. Mais cette grenade ne faisait pas que du bruit. Elle propulsa toutes sortes d'éclats autour d'elle, sans compter le souffle de l'explosion, et les assaillants furent hachés vivants. Ils n'eurent pas le temps de se protéger. Les plus gros morceaux gisaient à même le sol, tandis que les plus petits s'étaient dispersés tout autour, emportés par le souffle et les éclats. Du sang s'était répandu un peu partout sur le champ de bataille. Les femmes et les enfants, pétrifiés, regardaient, hébétés, le spectacle. Il était temps pour nous de nous replier. Nous avons longé le chemin, rangeant la kalachnikov en un bloc dans le sac. Personne ne semblait réagir au bruit de l'explosion, la prenant selon l'expérience des gens pour un avion franchissant le mur du son, ou pour une explosion venue d'un chantier. Il faut dire que la plage était bien vingt mètres au-dessous du chemin, et que la falaise avait dû absorber une bonne partie du son produit par la déflagration. Je me suis mis à l'abri derrière un buisson pour démonter la kalachnikov et la ranger dans le sac.

Dix minutes plus tard, nous sommes arrivés au port, juste au moment où la navette s'apprêtait à partir. Nous avons juste eu le temps de sauter à bord, et vingt minutes plus tard, nous étions dans notre véhicule, une Clio que j'avais louée à Avignon pour la circonstance. Nous sommes rentrés sans problème à Marseille.

Je vais allumer BFN-TV pour savoir ce qu'ils disaient sur l'incident. »

Et il alluma la télé. Il y avait une édition spéciale comme les radios et télés d'information les aiment. Les femmes et les enfants étaient allés chercher de l'aide. Les deux pompiers étaient venus voir ce qu'ils pouvaient faire. Devant le carnage, ils avaient décidé qu'il n'y avait plus rien à sauver. Ils avaient alerté la police de Sanary et s'étaient contentés d'isoler ce que l'on nomme d'un anglicisme « la scène de crime » en tendant un ruban de chantier rouge et blanc tout autour au moyen de piquets enfoncés dans le sable.

À peine les policiers arrivés, ils se rendirent sur la plage, découvrirent un pistolet, un poignard de commando et le coup-de-poing américain. Ils se demandèrent ce qui avait pu se passer. Il était clair que les trois hommes avaient été déchiquetés par une grenade, ce qui est assez inusité dans la région. Peut-être y avait-il eu un règlement de compte, car les trois hommes étaient armés, moins bien que leurs assaillants, certes, mais quand même, ils n'avaient pas l'air d'avoir été des agneaux de leur vivant. L'interrogatoire des femmes n'avait pas donné de grands résultats. Elles n'avaient rien vu de ce qui se passait en haut. Elles avaient cru comprendre que quelqu'un les avait observées, caché dans un buisson. Sans doute un voyeur. Les policiers eurent du mal à le croire, étant donné que le burkini ne laisse pratiquement rien voir de tout ce qui pourrait intéresser un mateur. À moins que ce ne soit un ethnologue étudiant les burkinis...

Un règlement de compte semblait plus probable. Mais la présence des enfants et des quatre femmes ne correspond pas au scénario habituel, les règlements de compte n'ont jamais lieu au sein de la famille.

Jojo était satisfait : il avait trois morts de plus sur son compteur, et semblait avoir réussi à se sauver sans problème. Il y avait peu de chances qu'il se retrouve poursuivi. Mission accomplie !

Pour être franc, je commence à en avoir assez du nouveau Jojo. C'était autrefois un être gentil et généreux. Mais plus le temps passe, et plus les crimes sont durs à supporter pour moi. Je ne veux pas être son complice.

J'ai donc décidé de quitter à la fois Jojo et cette vie, qui me plaît de moins en moins, et j'ai résolu, avant de faire le grand saut, de vous donner le nom et l'adresse de Jojo. Mais avant, il faut que je vous apprenne quelque chose. Si je ne vous ai pas téléphoné, c'est parce que je suis incapable de parler, mes organes ne me le permettant pas. En revanche, je peux écrire, et c'est pour cela que je vous envoie des mails. Je suis un Birman, mais attention, un chat de la race des sacrés de Birmanie. Vous vous demandez certainement comment j'ai fait pour apprendre à écrire. Eh bien voilà. J'ai toujours eu un faible pour les imprimantes d'où sortent des feuilles de papier, tel un métro sortant du tunnel. Un jour que Jojo imprimait une photo, le papier a mis très longtemps à sortir. Je suis allé voir : le papier sortait à très petite vitesse. J'ai mis le nez dans la fente, et je ne sais pas ce que j'ai touché, mais j'ai reçu une décharge électrique sur mon nez humide, ce qui a provoqué un électrochoc qui m'a fait rouler les quatre fers en l'air. J'ai brièvement perdu connaissance, et lorsque j'ai retrouvé mes esprits, j'ai ressenti l'envie irrésistible d'écrire sur l'ordinateur. Et j'y suis arrivé. C'est tout ce que je peux vous dire. Je ne comprends pas moi-même ce qui s'est passé. Je ne puis que constater les faits.

Voilà. Et maintenant, notez le nom et l'adresse : Joseph Dupuis, 40 rue Edmond Rostand dans le sixième. Premier étage à gauche. Et attention, il a toujours sa kalachnikov et quelques chargeurs.

Adieu, donc, et ne lui faites pas mal, si vous pouvez. Arrêtez-le en douceur.

Lolo le Birman.

17 L'hallali

La commissaire avait eu un week-end fatigant, dû au fait qu'elle mariait sa cousine, qui était DRH dans une maison d'édition, et qui épousait un ingénieur de chez Renault. Cela avait attiré beaucoup de monde. Il y avait eu 200 invités. Mis à part le coût exorbitant, il avait fallu se montrer aimable avec tout le monde, et faire semblant de s'intéresser à tout ce que racontaient les bavards qui ne manquaient pas et vous collaient aux basques. Si vous les écoutiez d'une oreille polie, ils pensaient que vous preniez intérêt à leur discours et il n'y avait plus moyen de s'en débarrasser. C'est avec nostalgie qu'elle avait pensé à ce qui l'attendait pour le lundi suivant dans la quasi-solitude de son bureau.

Elle n'avait pas prévu de recevoir un nouveau message de Lolo, lequel lui révélait que Jojo avait loué la Clio qu'ils avaient cherchée dans le garage, alors qu'elle était sagement garée dans une des rues du quartier. Le message lui donnait aussi la description complète de ce qui s'était passé aux Embiez, avec mention des témoins, des victimes et des assaillants, ainsi qu'une fidèle description des faits. De plus, on y apprenait les motivations de chacune des parties. Mais la cerise sur le gâteau, c'était le nom de famille de Jojo et son adresse.

Elle planifia rapidement son arrestation. Il était sept heures trente. Il fallait demander le soutien du RAID, étant donné que le suspect était armé de sa kalachnikov. Mais on pouvait déjà commencer à boucler le quartier. Il fallait à tout prix être discret, pour ne pas donner l'alerte et prendre l'homme par surprise. Le RAID avait l'habitude de traiter ce genre de problème, mais il fallait éviter de lui gâcher la tâche, en attendant l'arrivée du groupe d'élite, en rendant méfiant le suspect. Non seulement il fallait y aller doucement, mais il fallait aussi empêcher de passer toute ambulance, toute voiture de pompier dont la sirène pouvait inquiéter le suspect.

Il fallait boucler la rue Edmond Rostand de la rue Sainte-Victoire à la rue Saint-Suffren. La commissaire y ajouta celle des Vignerons, la maison se trouvant à l'intersection avec la rue Rostand. La maison n'avait qu'une seule entrée. Il n'y avait pas d'autre issue menant à l'une des rues et permettant au suspect de fuir.

La commissaire se joignit à ses troupes pour superviser l'intervention, tel Napoléon à Austerlitz.

Cela faisait maintenant vingt-quatre heures que Lolo s'était suicidé. Jojo ressentait un passage à vide, Lolo ayant été son compagnon pendant quinze ans. Il ne parlait pas, mais on voyait dans ses yeux le signe d'une grande compréhension. Et puis, Jojo était amené à réfléchir sur ses problèmes quand il lui en parlait, et cette récapitulation lui permettait d'y voir clair et lui facilitait toute prise de décision.

Après le saut de Lolo dans le vide, il avait trouvé dans une de ses chaussures un papier mal plié. Il fut surpris de trouver une courte notice signée d'un certain Lolo Le Birman, et se demanda tout de suite si le signataire avait un rapport quelconque avec son chat. Le message disait :

« *Mon cher Jojo,*

J'ai toujours été ton ami, parce que tu étais doux, gentil et réfléchi. Depuis plusieurs semaines, tu es devenu tout le contraire : nerveux, vindicatif, assoiffé de sang. Je ne te reconnais plus.

J'ai décidé que, dans ces conditions, ma vie ne valait plus le coup d'être vécue, et c'est pour cela que j'ai décidé de me suicider.

Fais attention à toi et méfie-toi de la police qui va sans doute venir t'arrêter bientôt.

Ton ami pour l'éternité

Lolo Le Birman »

Bien sûr, il se demanda comment Lolo aurait pu écrire ce mot. C'était sûrement Gilou qui l'avait écrit. Le problème, c'est qu'il avait les chaussures à ses pieds lorsque Gilou était parti. En tout cas, il était difficile de croire que Lolo puisse en avoir été l'auteur.

Inquiété par la dernière remarque, il jeta un coup d'œil sur le square, il crut voir un képi disparaissant derrière une chaise de la terrasse. C'était quelqu'un qui devait se faire discret pour ne pas être repéré. En regardant par une autre fenêtre, il vit un autre képi dans la rue des Vignerons. Il n'y avait pour lui aucun doute : la police était en train d'encercler la maison. Elle ne tarderait pas à donner l'assaut.

Il prit le sac contenant la kalachnikov, y ajouta les quatre chargeurs qui lui restaient, ses papiers, sa fausse barbe, toutes ses clés, prit l'argent liquide qu'il avait soutiré au cafetier, et sortit sur le palier. Bien sûr, il ne descendit pas l'escalier. Au contraire, il monta. En haut, une porte donnait sur la terrasse. Il l'ouvrit avec sa clé, sortit et referma la porte. Ainsi, il avait accès au toit des maisons voisines, et pouvait sortir, mine de rien, rue Paradis, en passant par une porte d'immeuble qui n'était pas encerclée par la police.

C'est ce qu'il fit. Rue Paradis, il n'y avait pas de policiers. En revanche, il en vit plusieurs à l'autre bout de la rue des Vignerons, pratiquement au croisement de la rue Rostand. Il continua son chemin jusqu'à la rue Louis Maurin, dans laquelle il obliqua pour descendre jusqu'à la place Castellane. En bas, à côté du Cinéma « le César », il vit quelques Roms qui faisaient la manche. C'était des professionnels de la quête. Il avait lu quelque part que l'un d'entre eux avait été amputé d'une jambe par son chef de bande, qui voulait ainsi lui donner un air plus misérable pour qu'il attendrisse plus facilement les passants.

Ces Roms étaient en fait de pauvres diables. L'un d'eux était assis par terre, et portait sur la tête une toque qui lui rappela Lolo : même couleur blanche que la fourrure du chat, mêmes tâches mordorées, même poil. En regardant mieux le visage de l'homme, il le reconnut : c'était le Rom qui avait dépecé Lolo. Jojo ressentit pour lui une haine subite et incommensurable. Bien sûr, ce n'est pas lui qui avait tué Lolo, mais enfin, il n'avait montré aucun respect pour la dépouille du chat mort. Il l'avait tout simplement écorché comme un vulgaire gibier.

Il s'installa sur une terrasse de café de la place, sortit sa kalachnikov. Froidement, l'œil méchant, il s'approcha du Rom et lui balança une rafale, en faisant bien attention de ne pas endommager la toque. L'homme n'ayant pas résisté à la demi-douzaine de balles, il s'approcha du corps et récupéra le couvre-chef. Désormais, Lolo resterait avec lui et l'accompagnerait partout où il irait.

Déjà, des hommes s'approchaient pour lui faire sa fête. Une rafale tirée en l'air les en dissuada. L'un d'eux, plus téméraire, ne recula pas avec les autres. Il fut plié en deux par une deuxième rafale. Jojo avait pris goût à la manipulation de la kalachnikov. Il ressentait une jouissance indicible lorsqu'il tirait sur quelqu'un, surtout lorsque celui-ci se tordait de douleur et se tortillait juste avant de rendre l'âme. Il avait avec cette arme un sentiment de puissance qu'il n'avait jamais éprouvé avant. Il avait appris à tuer pour le plaisir.

Mais Jojo devait maintenant penser à assurer ses arrières. Il ne pouvait pas rester là, à attendre que les flics viennent le cueillir. Il traversa la rue de Rome devant le tramway arrêté, et disparut dans les couloirs du métro. Il avait le choix entre la ligne 1 et la ligne 2, vers l'Est ou vers le Sud. Il choisit la 2 direction sud. Dans l'escalier, il mit sa fausse barbe et retourna sa veste qui était réversible. De rouge, elle devint bleu marine. Il remit la kalachnikov dans le sac. Ensuite, il passa devant les caméras, portant son sac à dos devant. Il était maintenant un autre homme pour les observateurs de la vidéo de surveillance.

La police devait avoir son signalement de djihadiste. Elle allait bientôt avoir son véritable signalement. Il fallait éviter tout contact avec elle, éviter de la rencontrer. Il sortit à la station « Rond-Point du Prado ».

Le temps du court voyage, il avait eu le temps de décider de braquer une voiture pour faciliter sa fuite. Il pénétra dans une rue tranquille. Justement, un petit vieux montait dans une BMW X5. La voiture idéale pour partir en cavale : rapide, puissante, silencieuse, confortable. Il lui mit la kalachnikov sous le nez, lui soutira les papiers du véhicule et son portefeuille, et l'abandonna, hébété, sur le trottoir. Il ne lui laissa pas le temps de comprendre ce qui lui arrivait et démarra sans plus attendre. Il rejoignit le flot des voitures qui allaient vers les autoroutes, qui menaient l'une à Aix-en-Provence, l'autre à Toulon.

Il allait falloir prendre la bonne décision : Aix ou Toulon ? L'idéal aurait été qu'il n'y ait pas de péage, car ces endroits étaient mal famés. Il y avait des contrôleurs, mais surtout des gendarmes à moto, prêts à prendre un automobiliste en chasse. Si sa photo avait été diffusée, il risquait d'être reconnu.

Il n'avait pas mis sa fausse barbe, pour ne pas attirer l'attention, et être victime du délit de sale gueule, étant donné sa ressemblance au djihadiste type. Et il avait mis la perruque grisonnante, son crâne nu étant déjà trop connu des services de police.

La réflexion fut vite terminée : il irait vers Aix, car il n'y avait pas de péage. Une fois à Aix, il prendrait une route menant vers l'arrière-pays. Une telle région lui paraissait plus sûre, car plus tranquille. Il risquait donc moins de faire de mauvaises rencontres.

Après avoir franchi le tunnel du vieux port, il se retrouva sur l'autoroute menant soit à Aix, soit à Lyon ou Montpellier. Il y avait d'abord une partie commune, et vers Plan-de-campagne, il devrait obliquer vers Aix.

Arrivé à hauteur de Plan-de-Campagne, son estomac se rappela à son bon souvenir. Il n'avait pas eu le temps de prendre son petit-déjeuner, et il était temps de manger pour éviter l'hypoglycémie. Il quitta donc l'autoroute et se gara devant le McDonald's. Ce n'est pas pour ses spécialités gastronomiques qu'il avait choisi ce restaurant, mais simplement parce que celui-ci était organisé en libre-service, ce qui réduisait l'attente et les contacts avec le personnel. Le magasin faisait de la pub pour son offre spéciale liant cinéma et restaurant : « 1 sandwich OFFERT à l'achat d'1 Maxi Best OF sur remise de votre ticket de CINÉMA du jour. Offre à durée limitée »

Il ne savait même pas ce qu'était un Best Of.

Heureusement, il y avait des photos. Ainsi, on avait une vague idée de ce qu'on achetait. Lors de la dégustation, on verrait bien si l'œil était un organe fiable dans la gastronomie.

Il prit un « Beef BBQ Burger 1 viande », un ovni à trois étages, contenant un Hamburger de viande de bœuf, surmonté d'une tranche de fromage, sur laquelle reposait une sorte de salade composée tomate, oignon, laitue assaisonnée avec une sauce indéfinissable. Il y ajouta une grande portion de frites pour masquer le goût de la sauce. Il aurait pu prendre le Beef BBQ Burger 2 viandes (avec un s prometteur), mais il n'avait pas la bouche assez grande pour sortir vainqueur d'un combat avec ce monstre à 4 étages, contenant deux tranches de viande,

Il s'installa dans un coin, pour être tranquille.

Il dut écraser Beef Burger 1 pour le faire entrer dans sa bouche, et faillit s'étouffer avec. Il voyait déjà le titre dans la presse : « le fugitif à la kalachnikov étouffé par un hamburger. »

Après le repas, il alla faire quelques courses au Géant Casino, histoire d'avoir de quoi manger, de quoi boire, et il se constitua une garde-robe de secours. Chez Décathlon, il s'acheta un duvet d'alpiniste, chaud et étanche. Quand on est en cavale comme lui, on n'est pas toujours sûr de pouvoir manger dans un restaurant ni de dormir dans un hôtel. Il faut donc avoir les moyens de mettre en place un plan B permettant de manger et de coucher dehors.

Il reprit l'autoroute vers Aix. A la hauteur de Luynes, il distingua un gendarme à moto qui allait le dépasser dans peu de temps. Son cœur et sa gorge se serrèrent. Que faisait ce représentant de l'ordre juste derrière lui. Le motard vint à sa hauteur, le regarda fixement, puis, le doubla, suivi d'un collègue qui fit de même. Selon toute apparence, ils ne s'intéressaient pas à lui et avaient autre chose à faire.

Il se sentit tout de suite plus tranquille. Ce fut l'occasion de réfléchir à ce qui lui arrivait. Si on lui avait dit, il y a un mois, qu'il se retrouverait ce jour-là en cavale, il ne l'aurait pas cru. Il faut dire qu'en un mois, il avait forcé un homme à se pendre, avait envoyé une grenade dans la cour d'une école en pleine récréation, avait refroidi François-Xavier, le catho facho, avait tué un homme d'une rafale de mitraillette au centre d'I.V.G., trois autres avec une grenade sur une plage, un Rom et un quidam qui voulait le faire prisonnier. Il avait fait carton plein. Et pourquoi ? Parce qu'il en avait assez qu'on ne respecte pas les lois de ce pays et qu'on ne le respecte pas, lui ou les autres, d'ailleurs. Il s'était fait justice lui-même, de la pire des manières, car si les morts sont hors d'état de nuire, d'autres les ont déjà remplacés pour nuire à leur prochain.

L'humain était clairement une erreur de la nature : il détruisait l'environnement, essayait de profiter des autres sans leur rendre la pareille, cherchait son profit sans se soucier des retombées. Les philosophes des Lumières

126

avaient pensé relever le niveau du citoyen de base en l'envoyant à l'école et en établissant la démocratie. Cela aurait peut-être marché avec des singes, des pingouins ou des phoques, mais pas avec des humains.

Et on se retrouvait maintenant dans une France où le bien public passait après l'intérêt individuel, surtout quand il s'agissait du sien propre.

Comme apparemment les gendarmes ne le connaissaient pas, il aurait sans doute avantage à prendre le petit bout d'autoroute d'Aix à Saint-Maximin. Cela lui permettrait de disparaître plus vite dans le haut pays varois.

A Aix, il obliqua vers l'Est sur l'A8, en direction de Nice. Il prit un ticket au péage. Ces machines automatiques n'avaient pas besoin d'humain pour travailler. Ainsi, il ne rencontra personne. En revanche, il vit bon nombre de caméras, qui devaient tout filmer. Mais nul ne sait si quelqu'un exploitera un jour les vidéos.

Il avait bien fait de voler cette voiture. Tant qu'à être en cavale, autant avoir son confort. Les dieux étaient avec lui, s'ils existaient, bien sûr.

Au péage de Saint-Maximin, il fit la queue derrière une file. Lorsqu'il arriva à hauteur de la cabane où l'on paye, un gendarme, celui qui l'avait fixé en le doublant, sortit de sa cachette et le braqua avec un pistolet mitrailleur bien inquiétant, lui intimant l'ordre de sortir du véhicule, les mains sur la tête. Jojo essaya de redémarrer dans l'intention de briser la barrière. Il entendit la rafale tirée par le gendarme, ressentit plusieurs piqûres violentes et douloureuses dans l'épaule et dans la poitrine, et mourut sans avoir le temps de le déplorer. La lampe de sa vie s'était éteinte, avec tous ses souvenirs, toutes ses connaissances. Il était retourné au néant d'où il était sorti, voilà plus de 70 ans.

18 La revue de presse

Dès que la mort de Jojo fut connue, ainsi que sa courte carrière de tueur, la presse et les médias audiovisuels s'emparèrent de l'affaire.

Malheureusement, ils n'avaient pas pu en profiter longtemps car le nom du fugitif était connu depuis peu. Ils n'avaient pas eu le temps de monter l'histoire en épingle, ni même de le baptiser « ennemi public numéro 1 », ce qui fait frissonner les chers lecteurs, auditeurs ou téléspectateurs. Ils avaient l'intention d'en profiter, avant qu'il n'entre dans l'oubli, remplacé par un autre criminel, un tremblement de terre ou un cyclone à la une des médias.

Le journal d'extrême droite « Dernière minute » évita de trop parler de l'affaire des catholiques fondamentalistes, pour ne pas avoir à argumenter, ce qui l'aurait gêné aux entournures. Il se contenta de rappeler qu'un homme avait été tué d'un coup de pistolet. Mais il s'étala beaucoup sur l'affaire de l'école juive, insistant sur le mépris qu'ont « ces gens-là » des Français d'une autre confession. Il essaya également d'exploiter l'affaire des burkinis, montrant que, pour les musulmans, la femme ne valait pas grand-chose, mais que, quand même, ils cachaient les trésors de leur épouse sous une forteresse de tissu, même lorsqu'ils les amenaient se baigner. L'affaire du Rom leur servit aussi à taper sur les étrangers, qui, si on les en croyait, venaient manger le pain des Français, en tout cas, celui qu'ils trouvaient dans nos poubelles.

Le journal d'extrême gauche, « le Prolétaire international », qui protégeait les minorités, quitte à en oublier le prolétaire de base, qui figurait pourtant dans son titre, était heureux de parler des cathos fondamentalistes, de montrer leur double langage, leur harcèlement des pauvres filles enceintes, même de celles qui avaient subi un viol, en leur demandant de porter un enfant qui leur rappellerait tous les jours leur viol, et ce gratuitement, au profit des parents qui adopteraient l'enfant, né sous X. L'important n'était pas la femme, mais le fruit du viol qu'elle portait.

Les journaux plus intellectuels, tels le Mondial ou le Soir de Paris, insistaient sur la psychologie du criminel, pour en venir à la conclusion que Jojo était une sorte de Zorro moderne et sans cheval. Dans chacun des cas, Joseph Dupuis a agi parce qu'il ne s'est pas senti respecté. Ce manque de respect a entraîné chez lui une rage le poussant à agir dans une forme de vengeance destinée à punir le coupable.

Cependant, ses tentatives n'ont pas toutes été couronnées de succès. Et dans plusieurs cas, il y a eu un empêchement qui a mené à une catastrophe se terminant par des morts.

En revanche, on a eu beaucoup de chance que la grenade jetée dans la cour de l'école juive n'ait pas vraiment explosé.

Et chacun des journaux a disserté, à sa manière, sur le manque de respect grandissant, sur le fait que les Français ne se parlaient plus, que ceux qui étaient en tort étaient les plus virulents à attaquer celui qui avait le culot de se plaindre.

Une revue de psychologie s'est penchée sur le cas Joseph Dupuis. Comment passe-t-on de l'état d'agneau à celui de loup assoiffé de sang, comment se développe la soif de vengeance, que ressent-on lorsque l'on tient quelqu'un au bout de son revolver, quand on le tue, quand on l'a tué ? Bref, toutes sortes de questions permettant au psychologue de briller en employant beaucoup de mots tirés de son jargon.

Chacun, à sa manière, a tenté de profiter de cette histoire en se délectant.

19 Comment l'agneau devint loup

En fouillant dans les poches du fugitif abattu, les policiers trouvèrent une feuille manuscrite sur laquelle figurait une sorte de testament.

La police remit la feuille à la justice, qui la transmit à son ministre, le garde des Sceaux.

Celui-ci, jugeant le contenu explosif et dangereux pour l'ordre public, le remit dans le dossier qui fut classé, le coupable étant décédé.

« Vous vous demandez sans doute comment un agneau peut devenir loup. L'étude de mon cas personnel pourrait vous donner une piste de réflexion.

Jusqu'à ma retraite, j'ai été un agneau, ouvert sur les autres, plein d'empathie, serviable. Tout ceci, malgré les piqûres de la vie, les trahisons de faux amis, les attaques injustifiées.

J'avais cru que les blessures laissées par ces épreuves étaient guéries. Mais ce n'est pas le cas : comme le staphylocoque doré, qui pénètre dans le corps et reste discret en attendant l'occasion de sortir, ces blessures sont restées tapies au fond de moi. Et il a suffi de quelques piqûres pour qu'elles ressortent massivement, déclenchant la crise menant de l'agneau au loup.

Mes staphylocoques sont mes concitoyens et les religions. Mes concitoyens ont trahi l'idéal de la révolution de liberté, égalité, fraternité. La liberté est étranglée par le pouvoir qui a établi et conservé l'état d'urgence, qui est devenu, sous la 5ème république, monarchique et toujours plus puissant et autiste, l'égalité est bafouée par la différence entre les riches, toujours plus riches, et les pauvres toujours plus nombreux et plus pauvres, et la fraternité disparaît avec la tendance actuelle « au chacun pour soi », et « tout pour moi, rien pour les autres ».

Les Français ne respectent même plus les lois. Comme chacun pense avoir raison contre tous les autres, il estime qu'une loi doit être respectée ou non selon ce qui l'arrange. Il y a longtemps que le pays n'est plus une démocratie, qui est la loi du plus grand nombre. Au lieu de discuter, les Français préfèrent l'affrontement, la manifestation, les grèves. Lorsqu'un ministre déclare avoir discuté avec les syndicats ou d'autres groupes, il veut dire par là qu'il les a reçus, qu'il leur a donné l'occasion de s'exprimer, souvent sans qu'il les écoute, et qu'ensuite, il a décidé comme il voulait avant la rencontre. Dans d'autres pays, la discussion consiste en un dialogue où les deux parties argumentent, discutent des problèmes, et cherchent ensemble une solution commune, portée par chacun.

Quelqu'un disait : le communisme, c'est « Tais-toi », la démocratie, c'est « Cause toujours, tu m'intéresses. ». Voilà qui définit très bien la démocratie française. Ceux d'en haut ne s'intéressent pas aux problèmes de ceux d'en bas, lesquels refusent les lois venues, selon eux, d'en haut, alors qu'elles viennent d'un parlement qui, il faut le dire, ne les représente pas vraiment, à cause d'un système majoritaire vicieux, ignorant la proportionnelle, et d'une abstention record, beaucoup de citoyens n'étant plus motivé pour aller voter. Pour éviter l'instabilité de la 4ème

République, on a créé un roc immuable, accouché au forceps.

Quant à la religion, « l'opium du peuple », elle ne mérite pas l'importance qu'elle a. Les trois principales religions présentent en France fonctionnent en gros sur les mêmes principes. Elles se fondent sur une divinité, Dieu, Allah ou Yahveh, toute puissante, mais dont l'existence n'est pas prouvée. Il semble évident que cette divinité qui est censée avoir créé le monde, puis l'homme, est une création de ce dernier.

Un clergé autoproclamé constitué de prêtres, rabbins ou imams mène le troupeau par la technique de la carotte et du bâton. La carotte ne sera obtenue qu'après la mort, donc, dans une zone invérifiable pour les vivants que nous sommes. Mais pour avoir la carotte, il faut accepter le bâton : l'obéissance au clergé et à ses règles, fondées sur des écritures sacrées écrites après coup au nom de prophètes, voire d'une intervention divine incontrôlable, par des humains longtemps après la période active de ces saintes personnes. Le fidèle doit respecter des règles quelquefois bizarres, faire des prières et assister à des cérémonies obligatoires, jeûner, ne pas allumer la lumière, cacher sa femme par une perruque, une mantille ou un voile. Le respect des lois de la religion surveillé par le clergé est obligatoire si l'on veut mériter une vie éternelle heureuse.

En attendant le jugement divin, le fidèle est soumis à la loi religieuse et à ses préceptes. Les femmes sont souvent considérées par le clergé comme inférieures aux hommes. Il méprise les femmes, qui ne peuvent être, sauf chez quelques groupes de pointe, ni prêtres, ni rabbins, ni imams, et qui ne sont souvent que des ventres destinés à la reproduction.

Le clergé apprend à détester ou même à mépriser les non-fidèles, appelés selon les cas mécréants, goys, infidèles ou autres. Dans certains cas, on appelle les fidèles à mépriser, combattre voire tuer ces infidèles.

Les pires des fidèles, les fondamentalistes, prennent leurs écritures, Évangiles, Torah, Coran au pied de la lettre et veulent empêcher les non-fidèles de mener leur vie selon leurs désirs, pour leur imposer leurs propres idées, selon les religions : port d'une mantille, port d'une perruque, port d'un voile, ramadan, interdiction de boire, de fumer, de manger certains produits qui ne sont pas casher, ou halal, d'employer des contraceptifs, d'avorter, de divorcer, de porter certains vêtements, de fréquenter certaines personnes. Brefs ces religions, inventions humaines, sont destinées à empêcher les hommes se vivre en bonne intelligence, à être eux-mêmes et à vivre leur vie comme ils l'entendent. Ces obligations religieuses font peu de cas des lois de la République.

Ainsi, les religions ont leurs propres lois, que les fidèles doivent respecter sous peine de punition divine.

Et c'est contre cet aveuglement que l'agneau tolère que j'ai voulu lutter en devenant loup. »

20 Allegro ma non troppo

La commissaire venait d'apprendre la triste fin de Jojo, qui avait été reconnu par un gendarme sur l'autoroute, et attendu comme il se doit à la sortie. Une fois de plus, une enquête se terminait par la défaite du mal contre le bien.
Elle mit au courant le préfet, qui la félicita d'avoir mis hors d'état de nuire un vrai danger public, frappant tous azimuts. Après avoir discuté avec le ministre, qui connaissait personnellement le président de la République, le préfet lui annonça une promotion comme divisionnaire, car ce sont souvent les chefs qui sont récompensés pour le travail de leurs subordonnés. Mais si la commissaire était tellement appréciée par ses troupes, c'est parce qu'elle défendait toujours leurs intérêts.

Elle réussit à négocier une promotion pour le lieutenant, nommé capitaine, le brigadier devenant brigadier-chef. Le préfet, qui aimait se montrer généreux, surtout lorsque cela ne lui coûtait rien, ne lésinait pas sur les moyens pour faire monter sa cote auprès de ses subordonnés. S'il avait existé un hit-parade des préfets, il aurait été classé en tête.

La commissaire fit venir ses deux subordonnés pour leur apprendre la bonne nouvelle de leur promotion. Elle les invita pour le soir même au restaurant, pour fêter la résolution de l'affaire et les trois promotions.
Pendant le repas, ils parlèrent du chat qui écrivait des courriels. Personne ne comprenait comment le félin avait pu acquérir cette faculté. Mais sans lui, ils auraient eu

beaucoup de mal à trouver Jojo, qui leur avait glissé plusieurs fois entre les doigts.

La commissaire essaya de récapituler ce qu'ils avaient vécu. Ce Jojo était passé du stade de garçon doux, généreux, plein d'empathie, à celui d'un homme sans cœur, à tendance sadique, qui ne ressentait rien lorsqu'il tuait un de ses congénères, si ce n'était une grosse sensation de satisfaction.

Ce qui est sûr, c'est que le fugitif n'aimait pas ceux qui ne respectent pas les lois de la République ou simplement les us et coutumes. Le cafetier n'avait pas respecté le repos des gens. La femme qui l'avait traité de « français de merde » lui avait manqué de respect, autant que les parents qui préféraient bloquer tout un quartier plutôt que d'aller se garer là où il y avait de la place et de venir chercher les enfants à pied. Et surtout, ils ne faisaient pas mettre la ceinture à leurs enfants. Les cathos fondamentalistes, eux, avaient harcelé des femmes qui étaient dans leur droit, simplement pour leur imposer, contre les lois du pays, leur façon de vivre. Les hommes de la plage, victimes de la grenade, ne respectaient pas leurs femmes en leur interdisant de suivre les coutumes du pays qui les avait accueillis. Enfin, le Rom n'avait pas respecté un mort en le dépeçant, même s'il s'agissait d'un simple chat.

Le maître mot de toute cette affaire, c'était l'exaspération des gens honnêtes lorsque l'on ne respecte pas les lois et coutumes du pays.

Le lieutenant bientôt capitaine défendit l'idée que le manque constant de respect entraînait souvent, chez les victimes, un sentiment d'exaspération qui pouvait les rendre agressifs. Si l'on voulait que les rapports entre les citoyens s'améliorent, il fallait que chacun respecte les lois et les gens. Ceci apaiserait les relations.

Pour le brigadier futur chef, on ne pouvait pas admettre que les gens se fassent justice eux-mêmes. Mais pour cela, il fallait une police plus attentive, qui intervienne avant qu'il ne soit trop tard, pour ainsi dire déminer le terrain.

La commissaire conclut en levant son verre. Tant qu'on aurait des gens qui passeraient leur temps à pousser les autres à bout, on aurait de l'agressivité et des réactions vives. Et on aurait aussi besoin de bons flics comme eux trois pour rétablir l'ordre.

« Alors, tchin tchin ! »

21 Table des matières

Éditeur : BoD-Books on Demand, 12/14 rond point
des Champs Élysées, 75008 Paris, France
Impression : BoD-Books on Demand, Norderstedt,
Allemagne
ISBN : 978-2-322-08340-4
Dépôt légal : septembre 2017

ISBN : 9782322083404